DREAMBOOKS★

DREAMBOOKS

신수의 주인

태선 판타지 장편소설

ORIGINAL FANTASY STORY & ADVENTURE

dream
books
드림북스

신수의 주인 2

초판 1쇄 인쇄 2017년 1월 24일
초판 1쇄 발행 2017년 2월 6일

지은이 태선
발행인 오영배
기획 박성인
책임편집 김규영
일러스트 EMJE
제작 조하늬

펴낸곳 (주)삼양출판사 · 드림북스
주소 서울시 강북구 도봉로 173
대표 전화 02-980-2112 **팩스** 02-983-0660
편집부 전화 02-980-2116 **팩스** 02-983-8201
블로그 blog.naver.com/dreambookss
출판등록 1999년 3월 11일 제9-00046호

© 태선, 2016

ISBN 979-11-313-0662-8 (04810) / 979-11-313-0660-4 (세트)

드림북스는 (주)삼양출판사의 판타지 · 무협 문학 브랜드입니다.

ORIGINAL FANTASY STORY & ADVENTURE

태선 판타지 장편소설

신수의 주인 ②

dream
books
드림북스

목 차

Chapter 1

피처럼 붉고 죽음보다 단단한

1.

사는 게 늘 그렇다. 내 인생 뜻대로 되는 법이 없었다. 내가 원하지 않은 곳에 태어나서 내가 하고 싶지 않은 일을 하고 만다.

불행이란 건 사막에 파묻혀 있는 독사 같아서 삶을 행군하는 내내 나를 노리고 있다.

어디에 어떻게 묻혀 있는지는 아무도 모른다. 그러다가 안 좋은 시기에 안 좋은 곳을 밟았다는 이유 하나만으로 죽을 만큼 고통스럽게 하고 만다. 물론 죽을 만큼이라는 말은

'실제로 죽이기도 한다.' 는 뜻이다.

그럼에도 걸어가야 하는 건 이 사막 끝 어딘가에 파묻혀 있을 행복이라는 오아시스를 찾기 위해서. 신기루를 찾아 평생을 헤매고 헤매다 보면 어쩌다 소 뒷걸음질에 쥐 잡듯 발견하게 된다.

우리는 그걸 '행운' 이라고 부른다.

그런 의미에서 내 옆에는 갈증 대공과 독사 사장이 함께 하고 있다.

여기는 사막 한복판보다 무서운 어느 리치의 던전 안이고.

매우 정석적이게도 발을 딛자마자 입구의 문이 닫혔고, 돌아갈 길은 없다.

그리고 내 왼쪽에 있는 '갈증 대공' 은 그를 죽일 칼을 만들어 주겠다고 약속한 정혼자이고, 앞에 있는 '독사 사장님' 은 내 첫 키스를 앗아간 난봉꾼이자 내 꿈의 대장간으로 사채까지 써 버린 모든 일의 원흉이다. 왠지 모르겠지만 허파에 칼을 심었는데도 기침 한 번 하더니 몸을 일으키는 놈이기도 하다.

물론 저 독사 사장의 허파에 구멍을 뚫은 건 내 현직 정혼자시다.

공통점이라고는 눈 씻고 찾아볼 수 없는 두 원수탱이들

을 데리고, 생존자가 한 명도 없다는 고대 리치의 던전을 털러 가고 있다.

'미친 짓이다.'

그렇다고 안 할 수도 없는 짓이다. 내가 설령 악마에게 영혼을 팔아도 그 돈 다 못 갚을 거다.

그 생각을 하니 눈앞에 있는 독사 사장 놈의 목을 붙잡아 탈탈 털고 싶은 욕구가 밀려온다.

독사 사장, 아니 엘의 머리카락이 내 뺨을 쓸고 지나간다. 사람의 인기척이라기보다는 짐승의 그것에 가깝다.

옛날 아주 어릴 적 산에서 만났던 그 맹수가 내 옆을 쓸고 지나갔다면 이런 느낌일까.

'저 사람의 정체는 뭘까?'

수상한 점이 한두 가지가 아니다. 그 전에 사람인지조차 의심스러울 지경이다. 이 세상 어느 인간이 가슴에 구멍 뚫리고 멀쩡히 걸어 다니나.

눈이 어둠에 점점 익숙해진다. 엘은 자신이 들고 있던 담뱃대를 벽에 긁는다. 금속이 바위에 마찰하며 불똥을 만든다. 그중의 하나가 탁 튕겨 나오더니 마치 살아 있는 것처럼 떠올라 주위를 밝혀 주었다. 겨우 발 앞을 분별할 정도의 밝기지만 이 정도만으로도 감지덕지다.

"마법인가요?"

내 질문에 그가 입가에 미소를 녹인다.

"글쎄요. 과연 뭘까~"

짜증나는 인간.

능글거리는 목소리가 축축한 공기를 가른다. 한 대 때려주고 싶은 마음이 굴뚝같다. 아카넬이 심드렁하게 맞받아친다.

"마법이라기보다는 마술에 가깝지. 저 담뱃대가 부릴 수있는 묘기 중의 하나다."

그 마술이라는 게 적어도 모자에서 비둘기를 꺼내고 내가 들고 있는 카드가 무슨 숫자인지 맞추는 그런 수준의 묘기는 아닌 것 같다.

엘은 내게 눈웃음을 쳤다. 그러고는 불똥을 향해 숨을 훅뱉었다. 그러자 불똥은 좀 더 밝게 타올랐다.

겨우 어둠에 익숙해진 망막이 이제는 따끔거린다.

빛은 계속해서 퍼지며 주변을 비춘다. 어둡고 긴 통로다.

통로를 따라 한참 내려가니 갈림길이 나타났다. 벽에는 내가 모를 문자들이 쓰여 있었는데 엘은 그 뜻을 알고 있는지 한참을 문자 앞에 서 있었다.

이윽고 그가 말했다.

"왼쪽 길이 더 힘든 길이라는데요?"

"지옥의 던전에 무슨 놈의 안내문이란 말입니까?"

"하지만, 하지만 말이죠, 이 사람 이렇게 친절하게 입구부터 써 놨는걸요. 이쪽 길로 쭉 따라가면 '개 조심'이라고."

"개 조심?"

문득 우리 영지에서 키우던 사냥개가 생각났다. 송아지만큼 커다란 개였다.

시키지도 않았는데 혼자서 너구리라든가 뱀이라든가 잡아 오곤 했는데 사람을 자꾸 물려고 해서 혼났다. 결국에는 영지에 있는 어린아이를 공격할 뻔한 일이 일어나서 오빠가 책임지고 그 개를 도살했다.

카녹 오빠가 어릴 때부터 함께해 왔던 개였고 주인에게만은 끔찍했던 개였다.

카녹 오빠는 그때 이후로 두 번 다시 개를 키우지 않는다.

'리치도 개를 키우나?'

호기심에 한 걸음 앞으로 걸었다. 그 순간 짐승의 노린내가 훅 밀려온다.

아카넬이 내 뒷목을 붙잡는다.

탁!

"조심성 없는 건 여전하군."

갈림길 끝으로 엘이 불똥 하나를 날려 보낸다. 불은 희미하게 깜빡깜빡 어둠 속을 헤엄쳤다. 바로 내 발밑부터 미끄

럼틀처럼 경사가 나 있다. 경사는 발 디딜 곳 하나 없이 미끄럽다. 만약 발을 잘못 디뎠다가는 그대로 복도 끝까지 미끄러지는 구조다. 그리고 그 끝에 여섯 쌍의 눈동자가 나를 벌겋게 노려보고 있었다.

짐승 몸 하나에 사자와 염소와 뱀의 머리가 붙어 있었다. 짐승은 너무 커서 복도에 끼어 있다시피 했는데, 짐승이 머리를 움직일 때마다 사슬 소리가 났다.

단단히 묶여 있는 모양이지만 짐승의 발아래에는 누구의 것인지 모를 해골이 쌓여 있었다. 아카넬이 말했다.

"몇 세기가 지났는데도 살아 있는 개라면 제대로 된 '개'일 리가 없지."

엘이 내 어깨에 팔을 둘렀다.

"휘유~ 친절도 하셔라. 어때요, 이 길로 가고 싶어요?"

식은땀이 등줄기를 타고 흘러내린다. 나는 고개를 세차게 저었다.

"아뇨, 그것만은 사양하고 싶네요."

그 순간 엘이 내 어깨를 장난스레 깨물었다. 사내의 치아가 예민한 곳에 닿자 저도 모르게 잔털이 솟구쳤다.

"흐앗!?"

나도 모르게 그를 엎어쳐 버린다. 그게 하필 '개'가 있는 방향이다. 잘못되었다는 걸 깨닫기가 무섭게 개가 달려오고, 그는 그대로 엎어지면서 나를 끌어안았다. '개'를 묶고 있던 사슬이 팽팽하게 늘어난다. 이러다가는 둘 다 미끄러진다! 아카넬이 지팡이로 내 뒷목을 낚아챈다. 몸이 아찔하게 고정된다.

다행이다. 그가 붙잡아 준 덕분에 우린 더 이상 나아가지 못했다.

나는 가쁜 숨을 내뱉는다. 엘이 나를 끌어안으며 웃었다.

"쫄긴~"

그 말에 울컥 열이 받아 그를 발로 밀어 버렸다.

"우어어억!"

그의 몸이 아래로 끌려 내려간다. 죽지야 않겠지. 폐에 구멍 뚫려도 사는 인간인데……

그가 미끄러진 곳에서 달칵, 하는 소리가 울린다. 뭔가 장치를 누른 모양이다.

벽이 내려온다.

쾅!

퇴로가 막혔다?

아카넬이 고깝게 말했다.

"잘하는군. 분명히 아무것도 건드리지 말라고 했을 텐데?"

엘이 소리 질렀다.

"헬프 미이이이!"

전에는 대공 주니어(?)들도 한 방에 쳐 냈으면서 지금은 바퀴벌레 하나 못 죽이는 사람마냥 허우적대고 있다.

'아, 웬수.'

나를 지탱하고 있는 대공의 지팡이를 쳐 냈다. 내 몸이 주르륵 미끄러진다. 그러나 그냥 미끄러지는 게 아니다. 제대로 바닥에 발을 대고 준비 자세를 취한다. 그러고는 '개'의 면상에 도착하자마자 가속도를 이용해 직선경을 날린다.

퍼억!

마력을 돌려서 직격으로 쏘았다. 오장육부가 울렸을 터!

그러나 놈은 꿈쩍도 하지 않는다. 오히려 화가 났는지 소리를 지른다.

크허어어어엉!

외침 한 방에 고막이 터진다. 귀에서 피가 흘렀다. 삐이이— 이명으로 주변 소리가 들리지 않는다. 균형 감각을 잃기가 무섭게 뱀의 머리가 나를 향해 독액을 쏘았다.

'위험!'

나는 몸을 굴러 독액을 피한다. 내가 있던 자리가 새카맣게 타오른다. 강산이다. 스치기만 해도 피부가 녹아내린다.

'이걸 상대로 싸우라고?!'

칼이 없이는 무리다. 아니, 칼을 갖고 있다고 해도 이건 무리다.

그 순간 사자의 앞발이 나를 향해 날아온다. 막을 수 없다. 그렇다고 피하기도 늦었다. 나는 눈을 질끈 감는다.

그때 찢어진 고막 사이로 아카넬의 목소리가 파고들었다.

"뭐 하나 가만히 있는 법이 없는 계집이군."

그의 목소리가 들렸지만 마치 물속에 빠진 것처럼 먹먹하게만 울린다. 귀에 고여 있던 피가 코로 넘어온다. 피 냄새가 비강을 가득 채웠다. 인생의 위기 때문일까? 아니면 전투 중 고양 상태? 눈을 뜨니 모든 게 슬로우 모션처럼 느리게 보였다.

아카넬은 나와 '개' 사이로 뛰어들었다. 그러고는 그의 지팡이를 휘둘렀다.

'개'가 휘둘렀던 것과 정확히 반대 방향. 그러나 똑같은 힘으로 맞받아친다.

카앙!

개의 몸이 휘청거린다. 아카넬이 말했다.

"키메라를 맨몸으로 상대할 수 있다고 믿는 건 아니겠지?"

"키메라요?"

"책에서 못 봤나?"

이름만 들어 봤지. 아니, 그림으로도 보기야 했다. 그러나 내가 본 그림은 색연필로 곱게 그린 어느 왕자와 공주의 이야기였지 이런 사람 잡아 먹는 집채만 한 몬스터일 거라고는 상상도 못 했다. 그렇지 않나. 백마 탄 왕자 앞에 나타나는 것들은 전부 공주님을 만나기 위한 시련일 뿐, 그 이상도 이하도 아니었으니까.

'그림 동화 속 키메라는 이거보다 훨씬 더 작았다고!'

삽화가도 키메라가 뭔지도 모르고 그린 게 틀림없다.

뒷걸음질 친 내 뒤꿈치 아래에는 누군지 모를 해골이 있었다. 발을 빼야 한다는 건 알고 있었지만 나도 모르게 힘이 들어갔다.

버석.

오래된 해골이 부서진다.

몬스터라면 가끔 본 적이 있다. 그러나 그래 봤자 사람 몸에 돼지 머리가 얹혀 있는 오크라든가, 움직이는 나무인 엔트 정도였다. 그중에는 초록색 난쟁이인 고블린이 그나마 가장 어려운 상대였다.

"키메라는… 군대가 나서야 하는 몬스터잖아요. 아니 군대가 토벌하러 와도 전멸당하기도 하고…… 또……."

첫 번째 관문부터 이렇다니. 이러니 살아 돌아오는 이가 없을 만도 했다.

가슴이 답답하다. 숨이 막혔다. 엘이 나를 뒤에서 잡아당 겼다. 그가 내 어깨에 팔을 두르며 아까와 똑같은 말을 속삭였다.

"에이, 쫄긴."

다리가 후들거린다. 보통 레이디들처럼 기절이라도 하고 싶다. 나는 어금니를 악물었다.

"네, 쫄았어요. 하지만……."

주먹을 쥔다. 앞으로 나아가야 한다. 엘의 손을 치운다. 아니, 치워지지 않는다. 아까 내 비명에 솜털처럼 날아갔던 그 남자가 이제는 태산처럼 나를 누른다.

"아카넬 선택이 옳았네. 카이는 칼 들면 정말 일찍 죽겠네요."

"무슨 소리죠?"

"옛날에 칼 썼죠? 지금은 저 남자 때문에 못 쓰는 거잖아요."

"그걸 당신이 어떻게 알죠?"

그가 노래를 부르듯 목소리를 팔랑거린다.

"그냥 그런 느낌이 들었다고 하면 너무 사기꾼 같아 보이려나? 하하하, 손을 보면 알아요. 그 손…… 부드러워 보이지만 칼 쓰는 사람 손이네요. 사지도 멀쩡한 걸 보니 부상 때문에 칼을 놓았을 리는 없고, 성격을 보니 집에서 뭐라고 해도 자기 꼴리는 대로 하셨을 거고…… 거기다 대알 테리온가의 여식에게서 칼을 뺏을 수 있는 사람은 몇 없으니까요."

그의 목소리 안에는 서늘한 칼날이 담겨 있었다. 내 손의 굳은살만 보고 거기까지 추론했다는 건가? 그렇다고 이 상황에서 그와 놀아 줄 생각은 없었다. 나는 냉정하게 잘라 말했다.

"놓으시죠?"

"에이, 지켜봐요, 지켜봐. 맨손으로 저런 괴수를 쓰러뜨리겠다는 겁니까, 알테리온 영애? 짐만 될 거라고요."

"그렇다고 혼자 싸우게 할 수는……!"

그의 팔이 나를 가둔다. 겉으로 보면 가볍게 끌어안은 자세다. 그러나 단단했다. 움직이고 싶어도 조금의 자유조차 허용하지 않는다.

"가면… 죽어요. 당신……."

아카넬은 홀로 키메라를 향해 걸어간다. 키메라는 다시 거대한 앞발을 휘두른다. 그 속도, 그 질량이 만들어 낸 바람이 충격파가 된다. 이래서야 도망치는 것도 무리.

아카넬은 검을 뽑았다. 아니, 그의 모습이 한순간 사라졌다.

은빛이 호를 그리며 적의를 갈랐다. 고기가 썰리는 소리가 울렸다. 어릴 적 늙은 말의 목을 벨 때 이런 소리가 났다. 피가 솟구쳤다. 뼈째로 키메라의 앞발이 날아갔다. 뱀이 독액을 뿜어냈다. 아카넬의 모습이 다시 잔상을 그리며 흩어진다.

검이 아래에서 위로.

뱀의 머리 정중앙을 갈라 버린다.

츠가가가가각!

과거 나는 그를 상대할 때, 분명 그의 실력을 조금이나마 엿보았다고 생각했다. 그러나 그건 착각. 하룻강아지가 범을 보며 짖는 울음 같은 것.

염소의 머리가 냉기를 쏟아낸다. 광역 블리자드 마법! 엘의 목걸이가 빛난다. 보호막이 나와 그를 감싼다. 아카넬의 검은 창이 되어 염소의 머리를 뼈째로 수십 번 관통한다.

키메라가 고통에 비명을 지른다.

'준비 자세는 대체 언제 한 거지? 기술이 나갈 때의 시간은? 공격로를 바꿀 때 생기는 빈틈은?'

아카넬은 칼 하나로 너무 쉽게 키메라를 도륙했다.

100명의 기사가 토벌하러 와도 잡지 못하는 생물이었다. 나는 다리에 힘이 풀린다. 엘이 속삭였다.

"대공께서 꽤 짜증이 났나 보네요."

그 순간, 거대한 키메라가 완전히 절반으로 갈렸다. 아카넬의 검이 핑그르르 날아가 엘의 머리 바로 앞, 보호막에 아슬아슬하게 꽂힌다.

타아앙!

보호막이 유리처럼 부서진다. 아카넬의 코트 위로 핏방울이 비처럼 쏟아졌다.

그가 신경질적으로 말했다.

"내 계집에게서 떨어져."

저기요, 아카넬 대공 각하. 내가 파혼하려고 아득바득 하는 거 안 보이세요? 그 전에 계집이 뭡니까, 계집이.

'그놈의 결투가 뭔지.'

패자는 말이 없는 법. 나는 긍정도 부정도 하지 않았다.

아카넬의 신경질에 엘은 보란 듯이 끌어안은 팔에 힘을 준다. 나보다 머리 하나 큰 사내가 힘을 주니 답답하다.

나는 허리를 튕겨 엘을 엎어친다. 그냥 흔한 한팔엎어치기 기술이다. 아까는 태산처럼 누르던 남자가 와 소리를 내며 날아간다.

쿵!

"너무합니다, 카이 아가씨. 제가 안 잡아 줬으면 비명횡사였다고요. 은혜를 원수로 갚다니, 이 어미는 가슴이 미어집니다!"

어미 같은 소리하네, 이 변태가! 댁이 내 엄마였으면 나는 여기 안 있었어. 진즉에 족보 파서 야반도주를 했지.

그는 첫날밤 소박맞은 새색시처럼 흐느꼈다.

어차피 가짜 울음, 나는 '흥!' 소리를 내며 고개를 돌렸다. 아카넬이 투덜거렸다.

"미치겠군. 최악이야." 그는 코트 깃을 손으로 털었다. "키메라 피는 세탁이 안 되는데."

그랬구나. 그래서 그렇게 비장한 표정으로 전투에 나서신 거구나.

2.

퇴로는 막혔다. 계속 싸워 나가는 수밖에 없었다.

나아간다고 해도 말이 싸워 나간다는 거지, 정확하게 표현하자면 아카넬을 앞세우고 우린 뒤에서 소풍 중이시다.

그는 칼 하나로 미궁의 몬스터들을 회 쳤다. 그 용맹한 무위는 전설의 용사님이라고 칭송을 들어도 아깝지 않을 수준인데 표정이 상당히 안 좋다.

"코트 때문에 그래요?"

그의 검이 사선을 그린다. 어둠이 찢어지며 가고일이 모습을 드러낸다. 가고일이 그를 향해 꼬리를 휘두른다.

남자의 잔상이 흩어지다 다시 나타난다. 남자는 그 꼬리 위에 올라선다.

"내가 대체 무엇하러 집 한 채 값은 넘고 두 채 값 조금 안 되는 랑비드 캐시미어 코트에 피를 묻혀 가면서까지 이 짓을 해야 하는 거지?"

남자 코트가 날개처럼 부풀어 오르는 것도 잠시, 그의 모습이 선을 그리며 날아간다. 검이 가고일의 목을 찢는다. 1미터가 넘는 거대한 머리가 땅에 떨어진다.

아카넬은 체액이 튀지 않도록 천장을 한 번 밟고는 가고일이 완전히 쓰러지자 그제야 바닥에 착지했다.

그러고는 자기 칼날을 한 번 들여다보더니 마음에 들었는지 칼을 털었다.

"깔끔하게 잘렸군. 피가 안 튀었어."

그놈의 결벽증.

엘이 들으라는 듯이 속삭였다.

"나르시스트 남자는 눈꼴시지 않아요?"

나도 들으라는 듯이 대꾸했다.

"그렇죠. 누. 구. 처. 럼. 요."

엘이 대답했다.

"동감이네요. 꼭 누. 구. 처. 럼. 말이죠."

아카넬의 검이 우리 둘 사이를 갈랐다.

서컹!

검이 벽을 관통한다.

얼마나 강하게 날렸는지 검풍만으로 내 머리 끝이 조금 잘릴 정도였다.

아카넬이 뇌까렸다.

"그렇게 눈꼴시면 네놈이 직접 싸워 보든가."

엘이 물 맞은 새끼 고양이마냥 비명을 지른다.

"무슨 소립니까! 저 같은 민간인보고 저런 괴물들과 싸우라는 겁니까? 너무하십니다, 아카넬 대공…… 제가 손을 격하게 움직일 때는 누님들 가슴 만질 때 말고는 없다고요."

아… 개새끼.

그의 은발이 어둠 속에서 부드럽게 나풀거린다. 짜증으로 차 있던 아카넬의 표정이 점점 무표정으로 변한다. 이제는 나도 알겠다. 이 남자, 제대로 화났다. 눈썹이 정확히 한 일자를 그리고 있거든.

그가 눈을 부릅뜨며 엘에게 말했다.

"그래, 가자고. 집 한 채 값은 넘고 두 채 값 조금 안 되는 랑비드가 희생됐는데 이 끝에 뭐가 있는지 보기라도 해야지."

이야, 말에 칼이 실려 있다.

랑비드라니…… 누가 들으면 애완동물 이름인 줄 알겠다.

랑비드는 장인 랑비오드가 만든 공방의 이름으로, 구 제국 때부터 황실에 납품해 왔던 전통 깊은 공방이다.

황실 납품권, 즉 로열 커런트를 따낸 몇 안 되는 곳 중의 하나다. 단추 하나에만 200가지 공정을 거치고, 실 한 가닥에도 전통 있는 황실 장인들이 달려들어 짜 낸다. 그 전통이 수백 년 동안 누적되어 지금은 전 대륙에서 돈 좀 있다 하는 사람은 누구라도 갖고 싶어 하는 그런 명품이 되었다.

'그래…… 몬스터 피는 잘 안 닦이긴 하지. 특히 아까 그 키메라는 피에 지방질도 많아 보였고.'

살아 돌아온 사람이 없다는 죽음의 던전에서 거대 몬스터를 쓰러뜨렸다는 안도감보다 코트가 더럽혀졌다는 데 분노하는 이 남자의 속을 내가 10분의 1, 아니, 100분의 1이라도 이해할 날이 오겠냐마는 내 옆에 있는 두 남자가 모두 정상이 아닌 고로 이 정도는 타협해 줘야겠다.

나는 벽에 꽂혀 있는 아카넬의 검을 뽑아 주었다.

그 순간, 벽돌이 우르르 쏟아지며 빈 공간이 모습을 드러내는 게 아닌가?

엘이 속을 들여다보더니 경탄했다.

"럭키~☆"

"이게 뭐죠?"

내 질문에 엘이 대답했다.

"주인이 쓰는 길이네요."

"주인?"

"아크 리치요. 아무리 사악한 대마법사라고 해도 생필품이나 실험용 재료들은 옮겨야 하지 않겠습니까? 개중에는 부피가 큰 것이나 쉽게 상하는 것도 있을 거고요."

"아……!"

엘이 턱을 문지른다.

"그럴 때를 위해 만든 게 비밀 통로죠. 제법인데요? 아카넬 도령."

도령이라는 말에 아카넬이 칼등으로 엘의 머리를 내리친다. 내 손에 그렇게 쉽게 두들겨 맞던 남자가 이번에는 한 끝 차이로 검을 피해 낸다.

"워워워, 무서운 도령!"

그러더니 팔로 내 허리를 감는다. 명백한 도발이다. 아카넬은 이놈의 폐에다가 지금 구멍을 낼지 일 끝내고 나중에 뚫어 놓을지 진지하게 고민하는 눈치다.

문득 엘의 손이 보였다. 상아로 깎아 만든 것 같은 섬세하고 가는 손가락.

언뜻 보면 피아니스트의 손 같아 보이지만 악력만으로 인간의 머리통 정도는 으깨 버릴 수 있을 거다. 그만큼 그는 강하다.

그러나 그는 아카넬에게 모든 것을 맡긴 채 이곳에 와서 단 한 번도 싸우지 않았다.

뭔가 이유가 있는 걸까? 아니면…….

나는 고개를 갸웃거렸다.

3.

지름길을 발견한 건 운이 좋았다.

던전 자체를 단단하게 지어 놓아서 키메라의 앞발질에도 흠집조차 나지 않을 정도였다. 아카넬 정도의 경지에 이른 자가 벽을 향해 휘두르지 않는 이상 이 통로를 발견할 확률은 한없이 제로에 가깝다.

'문제는 아카넬급의 실력자가 대륙에 몇이나 있겠냐는 거지.'

거기다 그런 사람들이 이런 변방의 리치 던전 터는 데 목숨을 걸 리도 없고, 설령 그런 사람이 온들 아무것도 없는 벽에 살기를 담아 칼을 날릴 일이 몇이나 되겠나. 몬스터도 아니고.

'엘은 일부러 대공을 도발했던 걸까? 아니면…….'

마음이 복잡하다. 엘이 문득 걸음을 멈추었다.

"함정 있네요."

그가 쪼그려 앉아 담배 연기를 내뱉는다.

연기가 스쳐 지나간 곳에 투명한 와이어가 보였다.

그는 손끝으로 와이어를 아주 작게 튕겨 본다. 그러고는 눈을 감고 한참이나 어떤 장치에 연결되어 있는지 추론한다.

"발로 건드리지만 않으면 되네요."

그러고는 훌쩍 와이어를 넘어간다. 아카넬 대공은 그 이후로 아무런 말도 없다. 내 옆에서 뭔가 생각하는 눈치다.

던전 안, 세 사람의 발걸음 소리가 울렸다.

이대로 지하까지 도착한다면 나는 빚을 갚고 예전 생활로 돌아갈 수 있다.

'일이 생각보다 쉽게 풀린단 말이지.'

복도 끝 어둠 뒤에 무언가가 있을 것만 같은 예감이 들었다. 한없이 죽음에 가까운 무언가가 축축한 숨을 내뱉고 있을 것 같은 그런 나쁜 예감.

이런 생각은 좋지 않았다. 애써 무시해 보지만 목덜미를 타고 솜털이 오도독 돋아났다.

복도는 계속해서 이어져만 간다. 얼마나 내려갔는지 모르겠다. 어둠은 평행 감각도 방향감각도 시간도 모두 삼킨다.

멀리서 엘의 은색 머리칼이 앞장서서 걸어간다. 그게 유일한 이정표였다.

아카넬의 검은 코트가 물고기 지느러미처럼 내 곁을 스쳐 지나간다.

옅은 피비린내.

"왜 따라오신 거예요?"

내 질문에 그가 대답했다.

"죽으면 곤란하니까."

"고작 그것뿐?"

내 우문에 그가 현답을 말한다.

"그것보다 심각한 일이 어디에 있지?"

"……"

이윽고 그의 목소리가 내 목덜미를 타고 올랐다.

"네 눈에는…… 엘이 매력적인가?"

어둠 속 엘은 깃털처럼 걸어갔다. 나는 그 은빛 머리칼을 노려본다.

"그럴 리가 없잖아요. 저 인간에게 휘둘려서 죽을 뻔한 적이 몇 번이나 되는지 모릅니다. 제 꿈도 앗아갈 뻔했다고요."

"그럼에도 넌 그를 죽이지 않았지. 아니, 그러려는 시도도 하지 않았어. 그렇다고 도망치지도 않았고."

"……."

"홀리지 마라."

이미 그는 엘에 대해 숱하게 경고해 왔다.

그가 말하길 엘이 관심을 갖는 여자는 둘 중의 하나로 '그에게 반하거나 아니면 그 때문에 파멸하거나' 라고 했다.

뒤집어서 생각하면 나는 그에게 반하지 않았으니 파멸하는 일만 남은 건가?

그걸 누가 정하지?

"도가 지나치시네요. 제 일입니다. 그럴 일도 없을 거고 설령 그렇다 하더라도 대공께서 참견하실 일이 아닙니다."

"참견할 일? 너야말로 도가 지나치는군, 카이 알테리온. 너는 내 약혼녀다."

"아버지가 정한 약혼자겠죠. 그리고 정확히 말하자면 '파혼 진행 중인' 약혼녀입니다."

"그래도 약혼녀는 약혼녀지."

나는 작게 혀를 찼다. 이 남자와 말싸움을 해서 이기는 건 하늘에서 별 따기였다.

그래서 왠지 심통이 났다.

"질투하시는 건가요?"

"뭐?"

"하긴 그러네요. 첫 키스도 뺏긴 마당에 질투가 나실 만도 하네요, 대공 각하."

의도했던 것보다 강한 펀치가 나갔다.

'자기 것'이 남의 손 타는 것을 죽을 만큼 싫어하는 이 고고한 사내가 어떻게 화를 낼지 기대됐다.

"첫 키스라. 진짜 그렇게 생각하나……?"

문득 엘이 만든 빛이 나와 그 사이를 스쳐 지나갔다. 빛 방울이 그의 창백한 뺨을 지나 새카만 망막을 핥았다.

나는 그의 표정을 보았다.

그는 아무런 표정도 없이 나를 바라보았다.

차가웠다.

인형이라고 해도 손색이 없을 정도로 무기질의 표정.

어떤 감정인지 알 수 없었다. 그의 표정에서는 아무것도 느껴지지가 않아서 조금은 무서워졌다. 나는 솔직하게 사과하기로 했다.

"…죄송합니다. 제가 말이 심했네요."

"아니, 그럴 거 없다. 카이 알테리온. 맞는 말이지."

맞는 말이라니.

"아, 저……."

내가 뭐라고 덧붙이기 전에 그가 걸음을 앞세워 휘적휘적 걸어갔다. 나는 그를 쫓기 위해 걸음을 서두른다.

그가 멀어진다. 이대로 그를 보내면 안 될 것 같은 느낌이 들었다. 미안함과 짜증과 기묘한 분노가 섞여 왔다. 그리고 그 가운데에는 그가 떠날지 모른다는 두려움이 자리잡았다.

이 감정이 도대체 뭔지 나도 모르겠다.

"저기요!"

내 부름에 그는 답하지 않았다.

터진 고막 때문에 멀미가 났다. 결국 넘어지고 말았다. 쿵, 소리가 어둠을 울린다.

그는 돌아보지 않았다. 그 순간 내 손바닥 아래로 타일 하나가 꾹 눌렸다.

태엽이 맞물리는 소리가 울린다.

아카넬의 흰 얼굴이 그제야 뒤를 돌아본다.

변명을 해야 했다. 어떻게든 그를 붙잡아야 했다.

손을 뻗는다. 그도 마주 손을 뻗었다.

그의 손가락에 내 손끝이 닿았다. 그리고 그 순간……
바닥이 무너져 내렸다.

그렇게 나는 어둠 속으로 추락했다.

4.

끝이 보이지 않는 어둠이다. 제대로 착지하지 못하면 죽는다는 생각이 가득했다. 이 밑에 뭐가 있는 걸까. 언젠가 오빠가 읽어 줬던 모험 소설 이야기처럼 바닥에 칼 같은 게 잔뜩 심어져 있다면 끝이다.

'그러면 어떻게?'

지금 나는 맨손이다. 신발 밑창 믿고 낙법이라도 했다가는 등뼈가 갈라진다. 위를 보니 내가 떨어졌던 곳은 벌써 막혔다. 아카넬의 하얀 얼굴도, 엘의 은색 머리칼도 보이지 않는다. 그때 내 가방이 벌컥 열린다. 새하얀 족제비, 청안의 몸이 부풀어 오른다.

"아가씨! 계약을……!"

계약이라니…… 어떻게 하라는 건지 잘 모르겠다. 나는 겁이 나서 그냥 청안을 붙잡고만 있었다.

새하얀 족제비가 내 입술에 가볍게 입 맞춘다.

이윽고 몸이 거대하게 부풀어 오른다.

족제비라는 말이 안 어울릴 정도로 거대한 괴수로 변한다. 청안의 꼬리가 두 개로 늘어난다. 꼬리 끝은 마치 불이라도 찬 것처럼 넘실거린다. 나는 청안을 붙잡았다.

청안이 벽에 발톱을 박는다.

그가가가각!

발톱이 미끄러지며 쇠 냄새를 만들어 냈다. 비강을 타고 돌가루가 입 안까지 밀려왔다. 나는 청안의 털에 매달려 신에게 기도한다. 그립다. 오빠가 더럽게 그립다.

이 상황에서 오빠라면 어떻게 했을까? 일생을 통틀어서 나는 카녹 오빠와 떨어져 지낸 일이 거의 없었다. 사람이 힘에 부치면 가족부터 찾는다는데 내가 딱 그 짝이다. 엄마 대신 오빠를 먼저 떠올린다는 게 다를 뿐.

청안은 계속해서 벽을 미끄러진다. 다행히 미끄러지는 속도가 점점 느려진다. 그리고 마침내 벽의 어느 한 부분에서 멈춘다. 청안과 내 숨소리만이 어둠 속을 허덕였다.

"어떻게 커진 거야?"

내 질문에 청안이 대답했다.

"우리 종족의 능력이라고 말씀드리면 이해하시겠사옵니까?"

"하지만 그동안은 한 번도 못 했잖아."

"변신하기 위해서는 마력이 많이 필요하옵니다. 원래라면 정식 계약으로 마력을 빌려 써야 합니다만 급해서 아씨의 마력을 좀 빌려 썼사옵니다."

그게 그 뽀뽀였나. 신수는 신기하네. 청안이 말했다.

"계약도 없이 뽑아 쓴 거라 보통이면 굉장히 많은 마력이 소모되는데, 생각보다 아씨의 친화력이 높았지요. 덕분에 적당한 마력만으로도 이렇게 변신한 거고요. 아씨는 소질이 상당하신 것 같사옵니다."

생각해 보니 아카넬이 내게 신수와 계약하는 건 어떠냐고 권유하긴 했다. 재능이 있어 보인다고는 했다만 그건 그냥 하는 소리인 줄 알았다.

"……진짜였구나, 그 말."

"네?"

나는 세차게 고개를 저었다.

"아, 아니. 아무것도 아니야."

내 말에 뭔가 청안이 당황한 모양이다.

"아아! 뽀뽀는 신경 안 쓰셔도 되옵니다. 전 아직 미성숙체, 암컷도 수컷도 아니옵니다. 성체가 되기 전까지는 중성인 상태니까요. 물론 아가씨를 지키기 위해서 전투에 적합한 남성체를 지망하고 있습니다만……."

엄숙하게 말하는 청안을 보고 있으니 웃음이 나왔다. 전부터 이 족제비가 암컷일까 수컷일까 궁금하긴 했나. 그린데 둘 다 아닐 수도 있구나. 거기다가 방금 그 뽀뽀는 뭐랄까…… 집에서 키우던 강아지나 고양이와 하는 그것과 다를 바 없었다.

그걸 이렇게 진지하게 고민해 줄 수 있구나.

"아, 아가씨?"

"아니야, 아니야. 괜찮아. 그나저나 주변이 어두워서 그러는데 좀 밝혀 주겠어?"

"아, 넵!"

청안이 꼬리를 흔들자 불꽃이 확 튀었다. 엘이 만들었던 것보다는 수가 적었지만 좀 더 크고 강렬한 빛이었다.

"아가씨, 그 남자가 마음에 들지 않아 여태 가방 안에서 잠자코 있었지만 말이옵니다, 왜 아가씨는 그를 그렇게 마음에 들어 하옵니까?"

그 남자라면 엘을 말하는 건가?

나는 고개를 저었다.

"아카넬도 같은 말을 했는데 그건 절대 사실이 아니야. 그 사람은 내 원수라고."

왜 다들 내가 엘에게 호감이 있다고 생각하는 걸까? 오히려 정반대인데 말이다. 청안은 말을 고르고 고르다가 힘겹게 목소리를 냈다.

"하지만 아씨, 즐거워 보이시는걸요⋯⋯."

그 말을 듣자 피가 귀까지 확 쏠렸다. 즐거워 보인다니 그럴 리가 없다. 나는 그를 싫어하고 최악이라고도 생각한다. 내가 세차게 고개를 젓자 청안이 안도한 듯 숨을 내쉬었다.

"그래도 제가 착각한 것 같으니 안심이옵니다."

"응. 심하게 착각한 거야."

푸른 불꽃이 아래를 비춰 준다. 동대륙에서는 사람이 죽으면 가끔씩 무덤가에 불꽃이 날아다닌다고 한다. 그 불이 이런 불꽃이 아닐까 나는 작게 생각한다.

아니나 다를까 바닥에는 칼날이 위를 향해 빽빽하게 꽂혀 있었다. 아마 이대로 떨어졌다면 다진 고기가 되었으리라.

청안은 위쪽으로 불을 훅 불었다. 불이 날아가며 벽을 비춘다. 마침내 벽 중간에 구멍이 뚫려 있는 곳을 발견한다. 어딘가의 통로 같았다.

청안은 몸의 탄성을 이용해 삼각 뛰기를 시도한다. 날렵한 몸이 단숨에 구멍 안으로 빨려 들어간다.

퉁!

거구가 움직일 때마다 내 몸 안에 충격이 울린다. 그나마 털이 있어서 다행이다. 이래서 말 탈 때는 꼭 안장이 필요하구나.

안전지대에 들어서자 나는 그제야 청안의 몸에서 내렸다.

"고마워. 원래 모습으로는 어떻게 해야 돌아가?"

청안이 말했다.

"다시 마력을 쓰면 돌릴 수 있사옵니다. 하지만 현명한 선택은 아닌 것 같네요, 아가씨. 여긴 무슨 위험이 있을지 모르니까요."

청안이 말할 때마다 송곳니가 희번덕거렸다. 겉으로 보면 영락없는 맹수다. 이런 존재가 원래 모습은 조그마한 꼬마 족제비라니, 믿기지가 않는다.

'아리네스 님께 감사해야겠네. 덕분에 목숨을 구했으니.'

그녀가 청안을 소개시켜 준 건 현명한 선택이었다. 나는 작게 안도의 한숨을 내쉰다.

"그…… 계약이란 건 어떻게 하면 되지?"

"별로 어려운 일은 아니옵니다. 다만 원래라면 좀 더 마력이 모이는 곳에서 합니다만……." 청안의 푸른 눈동자가 위에서 아래로, 아래에서 다시 대각선 오른쪽으로 올라간다. "아무래도 급하니까 여기서 하도록 하죠, 아씨."

나는 청안의 거대한 주둥이를 붙잡고 물었다.

"또 뽀뽀하면 되나요?"

당황했는지 청안의 귀가 파르르 떨린다.

"아, 아닙니다! 아닙니다! 물론 그렇게 하는 지방도 있지만 아까는 너무 급해서 그런 거라!"

이상하다. 이렇게 무섭게 생긴 거대 야수인데 어쩐지 당황하는 모습이 꽤 귀여웠다. 나 어릴 때 키웠던 강아지가 떠오르기도 하고. 청안이 말했다.

"으…… 그러니까 여기 바닥에 마법진을 그려야 하고 적법한 절차에 따라 주문을…… 음……."

청안이 발톱으로 바닥에 마법진을 그리려 했다. 그러나 그 커다란 발바닥으로는 룬문자는커녕 삼각형 하나 그리기도 어렵다. 청안의 속눈썹이 한참이나 파르르 떨렸다.

"뽀… 뽀뽀……하죠. 아가씨."

맙소사. 이렇게 뽀뽀를 수줍게 말하는 신수라니.

아마 청안이 족제비가 아니라 얼굴에 털이 없는 원숭이라든가 뱀 같은 종류였다면 시뻘게진 얼굴을 볼 수 있었으리라. 그의 흰 털이 긴장으로 빳빳하게 선다.

나는 청안의 양 뺨을 붙잡는다. 뺨이라고 하기도 무색한 게, 주둥이가 워낙 커서 내가 끌어안는 자세다.

청안이 말했다.

"신수와의 계약이라는 건 운명이 하나로 이어진다는 걸 뜻합니다. 아가씨."

"그게 무슨 뜻이죠?"

청안의 눈동자가 왼쪽에서 오른쪽으로 열심히 움직인다. 이윽고 한숨을 포옥 쉰다.

"해 본 적이 없어서…… 솔직히 저도 잘 모르겠습니다. 아가씨."

하긴 계약이란 걸 해 봤어야 알지. 나는 그의 주둥이에 가까이 다가간다. 그가 송곳니 사이로 숨결을 훅훅 내뿜는 다. 곰 인형에게 뽀뽀하듯 그냥 가볍게 하고 끝내려는데 그 가 주둥이를 치운다.

"여, 역시 이런 건 안 되겠사옵니다!"

그러면 어쩌자고. 아까 계약을 해야 한다며?

답답하다. 아니면 내가 너무 무신경한 걸지도 모르겠다. 그도 그렇게 남자와 여자의 관계도 아니고 족제비와 인간 의 관계 아닌가. 아니, 지금 상황에서는 초대형 맹수와 인 간이지. 거기다가 아까는 그냥 했으면서 왜 이제 와서 정색 을 하는 건지.

나는 청안에게서 손을 뗐다. 청안은 한참이나 고민하다 가 자신의 뒤쪽 털에 입을 가져간다. 그러고는 내 손에 무 언가를 톡 떨어뜨렸는데, 작은 타원형의 보석이었다. 단단 하고 차가웠다. 옥으로 깎은 것처럼 무늬가 어렴풋이 보인 다.

'그러고 보니 옷 안 찢어졌네.'

청안이 변신했을 때 입고 있던 옷이 전부 어디론가 사라 졌다. 물론 변신할 때마다 옷이 찢어진다면 그건 그거대로 문제겠다만, 신기하다고 해야 할지 다행이라고 해야 할지 모르겠다. 신수는 신기한 것투성이다.

"제 신수석이옵니다, 아가씨."

"신수석?"

"네. 모든 신수들은 태어날 때부터 이런 돌을 갖고 태어납니다. 그렇기에 신수는 좀처럼 사람과 계약해 주질 않는 거죠. 이 돌은 하나뿐인 소중한 것이니까요."

청안이 엉덩이를 붙이고 앉는다.

그러고는 내가 모르는 언어를 내뱉는다. 동대륙의 언어 같았다. 청안의 꼬리 끝에서 불꽃이 글자를 그리며 솟아오른다.

"저는 인간은 싫어합니다만, 아가씨만은 달랐습니다. 아가씨는 다른 인간들과는 달리 저를 노예로 부리려 하지도 않았고, 저를 자유의 몸으로 만들어 주셨사옵니다."

그 말에 나도 모르게 얼굴이 붉어진다. 역시 나는 칭찬에 약해. 그 한마디에 뺨이 간지러워지잖아. 결국 그의 말에 대답도 못 하고 그저 어색하게 웃기만 했다.

"아가씨라면 제 평생을 맡겨도 될 거라고 생각했습니다."

푸른 화염이 나와 청안을 감싼다. 봄날 흩어지는 민들레 씨 같았다. 청안은 내게 이마를 가져다 댄다.

나는 팔을 들어 그의 목을 꽉 끌어안았다. 팔 아래로 느껴지는 털이 간지럽다. 청안이 건네준 신수석이 빛났다. 그걸 신호로 나는 청안의 코에 쪽 뽀뽀했다.

화염이 솟구친다. 감각이 밀려왔다. 한순간, 내가 보였다. 마치 거울을 본 것 같은 그런 모습이었다. 이상하게 거울 속 나는 눈을 감고 있었다.

이상하다. 거울을 봤다면 눈을 뜨고 있어야지. 눈을 감고 어떻게 거울을 본단 말인가. 아래를 내려다보았다. 그러고는 그제야 깨달았다. 내 팔 대신 청안의 거대한 앞발이 보였다.

감각을 공유한다는 게 이런 느낌인 건가?

나는 그제야 그의 코인지 주둥이인지 모를 그 부분에서 입술을 뗐다.

시야가 돌아온다. 내 눈앞에 청안이 보였다.

"방금 그거…… 나만 느꼈어?"

청안이 대답했다.

"아니요. 저도 한순간 아가씨의 감각을 느꼈사옵니다."

이것이 계약이라는 건가? 평소와 뭐가 달라졌는지는 잘 모르겠다. 그러나 뭔가 이어졌다는 느낌은 알 수 있었다.

"신수석을 들고 저를 부르면 어디서든지 소환되옵니다."

신기하다. 나중에 항상 들고 다니게 반지나 팔찌 같은 걸로 만들어 둬야겠다. 신수석을 잘 갈무리하고는 내가 떨어진 곳의 바로 위를 올려다보았다. 남자들이 보이긴커녕 아직도 막혀 있다. 위에 뭔가 일이 생긴 모양이다. 그렇다고 이대로 무작정 기다린다고 해결이 될까.

그렇게 망설이고 있는데 청안의 코가 움직였다.

"아가씨, 저쪽 통로에서 바람이 느껴지는데요?"

"밖이라는 거야?"

구조상 말이 안 된다. 여기는 지하다. 이런 지하 공간에 바람이라니…….

청안이 말했다.

"가 보는 게 어떠하십니까? 밖과 연결되어 있다면 그건 그것대로 이득이고, 위험한 곳이라면 제가 아가씨를 업고 달리면 되니까요."

일리 있는 말이었다. 나는 가방에서 분필을 꺼내 들었다. 그러고는 우리가 향한 방향을 화살표로 그렸다.

"아! 이거라면 서로 흩어지지도 않겠네요."

"영 미덥지 못한 남자들이다 보니 어쩔 수 없지."

대륙에서 손꼽히는 검객과 그런 검객의 양산형 복제판을 햄버그 스테이크처럼 다지는 남자다. 그 두 남자를 두고 '미덥지 못하다'란 표현을 쓰는 날이 올 줄은 몰랐다. 그래도 어쩌겠는가.

인생 결국 혼자 사는 것을.

화살표 아래에 간단하게 우리가 출발한 시간까지 적어 놓고는 그대로 청안의 등에 올랐다. 청안은 나를 태우고 앞으로 달렸다.

　복도는 점점 더 좁아져만 갔다. 나중에는 내가 청안에게서
내려 엎드린 채 기어가야 했다. 빛은 점점 더 밝아졌다. 바람
역시 강하게 불어왔다. 설마 밖으로 이어진 건 아닐까, 가슴
이 두근거렸다. 그리고 잠시 후 그 빛이 아래에서 올라오고
있다는 걸 깨달았다. 여기는 환풍구였다. 나는 해골이 양각
되어 있는 환풍구 타일을 뜯어 아래로 밀어 버린다.

　쾅!

　환풍구 사이로 들어오던 빛이 이제는 환하게 들어온다.
어둠에 익숙한 망막이 비명을 지른다. 그렇게 한참 깜빡이
고 나서야 주변이 모습을 드러냈다.

　"황금?"

　금화가 산처럼 쌓여 있었다. 그리고 그 금화 아래로 보석
을 담은 보물 상자들이 수북하다. 청안이 감탄했다.

　"아크리치의 보물 창고군요. 아씨! 설마하니 이런 곳에
연결되어 있을 줄은 몰랐습니다."

　나는 청안과 함께 아래로 뛰어내렸다. 우리 둘은 황금 산
에서 주르륵 미끄러졌다.

　"우와! 부자다, 부자야! 이거라면 빚도 다 갚고 대장간도
재건축하고 필요한 재료는 모두 다 살 수 있어! 불로소득이

다! 이건 세금도 안 내도 돼!"

내 말에 청안이 식은땀을 흘렸다.

"아가씨, 너무 현실적이시네요."

"어쩔 수 없잖아. 사는 게 얼마나 팍팍한데."

속물이라는 소리 들어도 할 말 없다. 난 속물 맞으니까. 툴툴거리며 가방을 꺼냈다. 마법 가방이었다면 좋았을 텐데 이래서야 몇 줌 주워 가지도 못한다.

"결국 부피는 작고 가장 값나가는 것을 가져가야 한다는 건데……."

보통 세공품이 가장 값이 나가는 편이다.

"순금 세공품. 아마 보석이 박혀 있는 종류의 것들이 가장 비싸겠지. 부피가 적고."

"말이야 쉽지만 여기는 사방이 황금 천지라고요. 사막에서 바늘 찾기도 아니고 어떻게 가장 값나가는 것을 찾아낸단 말이옵니까?"

물론 불가능하지. 보통 사람이라면. 하지만 나는 다르다. 철의 소리를 듣는 내 능력이라면 그게 가능하다.

"하고 나면 진이 빠져서 별로 쓰고 싶지 않지만 말이지."

찬물 더운물 가릴 때가 아니다. 나는 장갑을 벗고는 손가락을 깍지 껴서 죽 스트레칭했다. 그러고는 손가락 마디 하나하나 꼼꼼히 풀어 주는 것을 잊지 않았다. 이윽고 가장 금이 많이 쌓여 있는 곳, 황금 동산 꼭대기에 다다른다. 숨을 깊이 몰아쉬고는 마력을 집중한다. 그러자 손바닥 아래를 타고 묵직한 진동이 울렸다.

두우웅—

"아가씨, 대체 뭘 하시는……?"

진동은 금속과 금속 사이를 퍼져 나간다. 박쥐가 음파를 내뿜어 반사되는 소리로 먹잇감을 잡는다고 하던가. 이것도 비슷한 원리다. 어릴 때는 이게 뭔지 몰랐지만 달빛 곰족들 덕분에 알게 되었다.

'공명.'

모든 금속이 파도처럼 울었다. 그 울음소리 하나하나가 내 안을 채운다. 머리가 어지럽다. 눈꺼풀을 감았는데도 눈에 핏발이 선다. 다이아몬드, 루비, 사파이어. 3,000년 전 천재적인 장인이 세공한 여신상이 뇌리를 스친다. 그리고 한순간 나는 이 황금의 산, 가장 깊숙한 곳에 있는 이질적인 무언가를 찾아낸다.

그게 뭔지는 모르겠다. 그러나 확실한 건 진귀한 것. 그리고 오래된 마법이 걸려 있다는 것까지는 알 수 있었다.

힘겹게 손을 뗀다. 목구멍에서 피가 울컥 밀려왔다.

"아가씨, 괜찮으세요?"

이게 몇 푼짜리인데 아픈 소리 할까 보냐!

"청안! 아래를 뚫어!"

청안이 거대한 앞발로 황금의 바다를 파헤친다. 얼마나
깊이 쌓여 있는지 마치 퇴적층처럼 새로운 금화들이 계속
발견된다. 그중에서 나는 가장 오래된 금화 한 닢을 주워
가방에 넣는다. 오래된 금화는 행운을 가져다준다는 미신
이 있다. 거기다가 귀족들 중에는 고대 주화를 모으는 컬렉
터들이 꽤 있으니 제법 비싸게 팔리리라.

청안은 계속해서 파 내려간다. 마침내 청안의 앞발이 어
느 금속 상자에 부딪친다.

"그거 꺼내."

청안은 힘들이지 않고 상자를 꺼냈다.

"이건 무엇이옵니까? 아가씨."

나도 모른다. 다만 이 상자 표면에 박혀 있는 금속은 순
금의 수십 배 정도 가치가 있는 금속이다.

오리하르늄. 마법을 봉인하는 힘이 있다.

이걸 통짜로 써서 상자를 만들었다. 그렇다면 이 상자에
들어 있는 물건은 그 상자보다 더 가치 있는 물건일 터.

"허나 잠겨 있사옵니다."

"잠겨 있으면 열어야지."

머리핀을 들고는 구부린다. 내 능력이 무서운 게, 어떤
금속이든 구조를 파악할 수 있다는 건 금속으로 만든 모든

자물쇠의 구조도 알 수 있다는 거다.

당연한 말이지만 자물쇠는 도둑이 들어오지 말라고 만드는 거다. 귀한 물건일수록 단단한 금속을 사용하지 나무 자물쇠를 쓰는 법은 없다.

나는 상자를 몇 번 두드리고는 단숨에 내부 구조를 파악한다.

'이거…… 힘으로 열면 안 되겠는걸. 함정이 걸려 있어.'

대체 얼마나 대단한 물건이기에 그러는 걸까. 호기심은 점점 더 커져 간다.

실린더형 자물쇠. 그것도 12개의 내부 실린더가 서로 맞물려 있다. 이 서로 다른 높이의 실린더들을 철사를 이용해서 일직선으로 만들어야 한다.

이 일직선을 쉬어 라인(shear line)이라고 한다. 보통 도둑들은 청진기를 이용해서 내부의 실린더가 맞물리는 소리를 들어가며 쉬어 라인을 만든다. 그러나 그 방식은 시간도 너무 소모되고 잘못했다가는 경보 마법만 울리게 된다.

나는 그럴 필요가 없다. 외부를 한 번 두드려 본 것만으로 12개의 실린더 위치를 완전히 파악했으니까.

달칵.

너무 쉽게 상자를 열어 버리니 청안의 눈이 휘둥그레진다.

"아, 별로 어려운 구조가 아니거든."

"아가씨… 전문 도둑들도 못 하는 일을 어떻게 다 큰 레이디가……!"

욕인지 칭찬인지 모르겠다. 아무튼 이제 이 안에 뭐가 들어 있는지 알 수 있으리라.

두려움 반 기대 반으로 상자의 뚜껑을 열었다.

"……"

안에 들어 있는 것은 동그란 구슬이었다. 안에는 새카만 화염이 넘실거리고 있다. 이제 뭐지? 분명 진귀하고 값나가는 것만은 틀림없는데, 도통 물건의 사용 용도를 모르겠다.

이다음에는 내 인생 다섯 손가락 안에 드는 치 떨리는 실수가 기다리고 있다. 할 수만 있다면 그때의 나를 후려치고 싶다. 나는 여기서 상자를 닫았어야 했다. 하다못해 두 사람이 올 때까지 기다리기라도 했어야 했다.

멍청하게도, 나는 그 구슬을 붙잡았다. 그저 자세히 살필 요량이었다. 구슬을 붙잡는 순간 안에 들어 있던 화염이 맹렬하게 솟구치더니 내 손바닥이 구슬에 딱 달라붙어서 떨어지지 않는다.

"아, 아가씨!"

청안이 비명을 지른다. 구슬을 향해 화염을 내뿜고 싶은 것 같지만 그랬다가는 내 손이 같이 날아간다. 대장장이에게는 손이 목숨보다도 귀한 법.

청안은 그만 망설이고 만다. 화염이 구슬을 통과하며 커
져 갔다. 사악한 마력이 대기를 울렸다. 화염을 따라 내 손
등 위로 시커먼 담쟁이넝쿨 문신이 피어올랐다.

이게 뭔지는 나도 모르겠다. 그러나 적어도 이게 굉장히
위험한 것이라는 것은 알 것 같았다. 담쟁이넝쿨은 나를 붙
잡고 내 발 아래로, 드넓은 황금들을 향해 파고들었다. 새
카만 불꽃이 어둠이 되어 나를 덮친다. 청안의 비명 속에서
나는 어둠을 보았다.

"아가씨, 아가씨이이이—!"

그게 내 기억의 마지막.

5.

어릴 적, 내 세계는 오빠와 같았다. 우리는 생김새도 완
전히 똑같았고, 생각, 감정, 심지어 통증이나 마음 깊은 곳
까지도 공유했던 기억이 난다. 어른들은 우리 둘을 구별하
지 못했다. 심지어 아빠도 구분을 못 했다. 나는 소녀가 되
고 오빠는 소년이 되기 전 아주 어린 그때.

나는 오빠와 가시 터널을 걷고 있었다. 영지 뒤쪽 가시나

무가 우거진 넝쿨 숲이 있었는데 산짐승들이 다니는 자그마한 길이 나 있었다. 지금은 도저히 갈 수 없는 곳이지만 그때는 그게 그렇게 넓어 보였다.

길 끝에는 새카만 토끼가 앉아 있었다.

'아, 꿈이구나.'

그제야 어렴풋이 생각했다. 그도 그렇게 우리 영지에는 까만 토끼는 살지 않기 때문이다. 거기다가 피처럼 빨간 눈을 어둠 속에서 빛내고 있는 토끼라니.

[심심해서 무언가를 죽여 본 적 있어?]

토끼가 웃었다.

[어릴 적 개미집에 물을 붓는다거나 잠자리 날개를 하나씩 뜯어 본 적 있어?]

나는 대답하지 않았다. 다만 오빠 손을 꼬옥 잡을 뿐이었다.

토끼가 말했다.

[내 봉인을 푼 네게 보답을 하고 싶어. 그러니까… 죽이고 싶은 사람을 말해 주겠어?]

생각나는 사람이 없다. 아카넬이나 엘이 좀 밉상이긴 하지만 그렇다고 이 인간들을 죽이고 싶냐고 묻는다면 그럴 결심은 들지 않는다. 토끼가 곤란한 듯 웃었다.

[내가 되살아났으니 누구 하나는 대신 죽어야 해. 그게

사신(死神)의 율법이거든. 누가 죽든 좋아. 사신은 장님이라 돈 많은 놈이든 젊은 놈이든 좍좍 그어 놓으니까. 다만 숫자만은 맞아야 해. 그건 민감하거든.]

무슨 소리인지 모르겠다. 그러나 적어도 죽이고 싶은 상대는 없었다. 그것만은 변함없는 진실.

토끼는 작게 한숨을 쉬었다.

[곤란하네. 그렇다고 천 년의 시간을 지나 나를 구해 준 이 예쁜 누나를 죽일 수도 없고.]

토끼는 앞발을 들어 자신의 한쪽 눈을 뽑았다. 분명 징그럽다고 생각될 법도 한데 그런 감정은 들지 않았다. 마치 봉제인형 눈을 뽑는 그런 느낌. 과연 눈도 루비를 깎아 만든 것처럼 영롱했다. 아니, 안구라기보다는 그냥 보석이라는 표현이 더 맞을지도 모르겠다. 핏줄도 동공도 보이지 않았으니까.

토끼가 말했다.

[살고 싶으면 삼켜. 사신을 속여야 하니까.]

토끼의 말에는 뭔가 거부할 수 없는 힘이 있었다. 빨간 그것을 입 안에 넣었다. 그것은 죄책감이 들 정도로 달았고 딱 위안이 될 정도로만 씁쓸했다.

그게 식도를 타고 느릿느릿하게 녹아내리는 게 느껴졌다.

주변이 어두워진다. 자고 싶었다.

꿈속의 꿈은 어떤 모습일까. 나는 그런 생각을 하며 눈을 감았다.

6.

축축한 것이 이마에 닿았다. 따뜻하고 부드러웠다. 짐승의 혓바닥처럼 그것은 내 이마를 연신 문지른다.

그것이 내 이마에서 떨어지고는 잠시 후 물을 쭉 짜내는 소리가 같이 울린다. 몸이 아프다. 팔부터 다리까지 멀쩡한 곳이 없었다. 눈꺼풀이 무겁다. 억지로 시야를 연다. 그 앞에는 오빠가 앉아 있었다.

"오빠? 왜… 여기…… 쿨럭, 쿨럭!"

나는 한참 기침을 했다. 카녹 오빠는 놀라지도, 호들갑 떨지도 않고 눈가만 조금 휘어진다.

"열이 드디어 내렸네."

"오빠, 오빠……."

왠지 눈물이 나왔다. 어릴 때 아플 때면 늘 이렇게 칭얼거리곤 했다. 카녹 오빠가 몸을 일으켰다.

"자세한 이야기는 나중에 하고 좀 더 자."

내 집이다. 이상하다. 분명 압류당했을 텐데 어째서? 거기다가 나는 분명히 그 고대 리치의 던전에서…….

카녹 오빠가 커튼을 내린다. 새벽빛이 사라졌다. 향초가 타며 달큼한 향기를 냈다.

"자, 어서 더 자."

물어볼 말이 많았지만 이불이 너무 따뜻했다. 근육은 여전히 비명을 지른다. 귓속이 뜨겁다. 오빠의 토닥임을 느끼며 다시 잠에 빠져들었다.

몇날 며칠을 자다 깨기를 반복했다. 그 와중에 알아낸건, 대공과 엘이 도착했을 때는 난 이미 새카맣고 끈적한거대 푸딩 같은 곳 안에 들어가 있었다는 것. 그리고 그 거대 푸딩은, 이른바 흑마력이라고 불리는 인간의 마이너스적인 원념의 덩어리 같은 거란다.

흑마법사들이 사용하는 것으로, 사람 죽이고 고문하다보면 고통과 원념이 마력 속에 남아서 그런 모습을 하는데, 그 저주 속에 들어가 있다면 보통 사람이라면 닿기만 해도살이 녹고 영혼이 오염되는 게 당연한 수순인데 어째서인지 그 안에서 의식을 잃은 채로 잘 살아 나왔다는 것.

거기서 나를 꺼내자마자 던전이 무너지기 시작해서 급히나를 안고 탈출했다는 거다. 나는 어이가 없어 물었다.

"그러면 보물은?"

"청안 말로는 네가 상자를 여는 순간 보물이 전부 검은 마력 속으로 빨려 들어갔다는데?"

나는 병신이다. 그냥 적당히 비싼 거 집어다가 가방에 넣었으면 이 꼴은 안 났을 거 아닌가. 오빠가 말을 이었다.

"내가 여기 왔을 때는 넌 이 꼴이었고, 너무 화가 나서 대공이고 그 엘이라는 가게 주인이고 죄다 내쫓았다."

"빚은?"

"몰라. 너 쓰러지고 나서 누군가가 갚아 놨다고 차용증 보내 놨더라."

누구? 대공인가?

오빠가 상자를 열어 차용증을 건네준다. 그런데 그 상자, 어디서 많이 본 상자다.

"오빠, 그거……."

"네가 계속 끌어안고 있더라고."

통짜 오리하르늄 상자다. 이번 일의 원흉이지만 이 상자 하나만으로도 값어치가 어마어마하다. 그도 그럴 게 오리하르늄 자체가 워낙 채굴하기 힘든 금속인 데다가 마법을 무효화하는 성질이 있다. 그걸 불순물도 섞지 않고 상자로 깎아 냈다.

'이대로 팔아도 상당한 가격일 텐데?'

그냥 무기 만들 때 이거 도로 녹여서 새로 만들어도 된다. 나라면 충분히 할 수 있고. 값도 더 많이 받을 수 있다.

'대박.'

그간의 노력이 영 헛것이 아닌 모양이다.

차용증을 읽어 보니 '리버 윈터'라는 사람이 대신 빚을 갚았다고 쓰여 있다. 아카넬도 아니고 리버 윈터라니. 생판 들어 본 적도 없는 사람이다. 그런 거액을 줄 정도라면 나와 보통 인연이 아니라는 걸 텐데…….

"영지 관리는?"

"괜찮아. 잠깐 자리 비워도 잘 굴러 가도록 조치해 놨어. 그리고 급한 일 있으면 마법사에게 부탁해서 빨리 돌아가면 되니까 걱정할 건 없을 거야."

순간 이동 마법은 꽤 비싼데. 괜찮을까?

카녹 오빠는 내 이마를 한참이나 짚어 본다. 그때 문이 열리더니 청안이 따뜻한 우유를 들고 왔다.

"아가씨 안색이 많이 좋아지셨네요."

우유에는 꿀이 한 스푼 들어가 있었다. 오빠는 내 머리를 한참이나 쓸었다.

"음…… 이 근방에 집 마련하도록 할게."

"같이 살면 되잖아?"

내 말에 오빠가 살짝 얼굴을 붉힌다. 뭔가 더듬거리며 말을 고른다. 이건 우리 오빠답지 않았다. 이윽고 나는 오빠의 속을 알아차렸다.

"아하, 이 근방 아가씨들 좀 꼬시려고?"

"아, 아니거든?"

"걱정 마세요. 어느 여자를 끌어들이든 엄마한테 말 안할 테니까. 손님 방 내줄까?"

오빠의 얼굴이 삶은 홍당무처럼 붉어졌다.

"아니라니까!"

오빠도 청춘이다, 청춘이야. 하긴, 우리 아버지도 결혼 전에는 미녀 앞에서라면 한없이 약해졌다는데 피는 못 속이나 보다.

"넌 정말 남의 속도 모르고……."

"뭐?"

내 말에 오빠가 한숨을 쉬었다.

웃고 있는 그의 입가에 슬픔이 번졌다. 이윽고 그 얼굴은 다시 웃음으로 돌아온다. 언제 그랬냐는 듯.

"됐다. 네가 알 리가 없지."

방금 무슨 말을 하고 싶었던 걸까.

나는 장난치듯 그의 가슴을 주먹으로 때렸다.

퍽!

Chapter 2
반쯤 죽은 소년,
반쯤 산 소녀

1.

오빠는 내 몸이 완전히 회복되고 나서야 밖으로 나가는 걸 허락해 주었다.

청안은 나와 계약을 맺고 이제는 완전히 자유롭게 몸의 크기를 늘렸다 줄였다 할 수 있게 되었다. 그때마다 작게 빈혈이 밀려왔는데, 그게 신수에게 마력이 빠져나갔기 때문이라고 한다.

체계적으로 배우려면 아무래도 관련 서적을 찾아보거나 마법 아카데미 쪽에 등록하는 게 좋을 거라고 했다.

따로 스승을 찾는 방법도 있지만 돈이 너무 많이 든다고 도 했고.

'그 전에 리버 윈터가 누군지가 문제인데……'

아카넬은 모르는 사람이라고 했고 엘도 이 지역 유지는 아닌 모양이라고, 들어 본 적 없는 이름이라고 했다.

대체 이런 거액을 거리낌 없이 낼 수 있는 인간이 몇이나 될까? 그 전에 한 번도 본 적도 없는 사람에게 아무것도 바라지 않고 그런 돈을 선뜻 준다는 게 말이 되나?

'분명히 뭔가 꿍꿍이가 있을 거야.'

그게 뭔지 알아내는 게 문제다. 그러나 그 사람에 대해 알아낸 거라고는 건포돗빛 머리카락에 안대를 했고 패션 센스가 뛰어났다는 것 정도겠다. 한쪽 귀에는 귀걸이를 했다는데 목소리를 들어 보니 성별이 남자라고 했다.

'결국 그쪽에서 먼저 오는 것 말고는 없나?'

찜찜하다. 이건 너무 찜찜하다. 그러나 내 능력으로는 달리 방법도 없다. 결국 나는 더 이상 그를 조사하는 것을 포기하고 내 눈앞에 있는 일에 몰두하기로 했다.

그때 받은 오리하르늄 상자를 녹이는 일. 이걸로 비싸게 팔릴 만한 무기를 만들 생각이다. 오리하르늄은 쉽게 녹는 금속도 아니거니와 도로 주괴로 만들기 위해서는 굉장히 많은 시간과 노력이 필요하다. 물론 보통 재료로도 힘들고.

그리고 얼마 후, 나는 그를 다시 만났다.

2.

그 날은 새벽부터 비가 내렸다. 기이하게도 하늘은 아직 맑은데 빗방울은 그칠 새가 없었다. 보라색 공기 사이로 비가 눈물처럼 쏟아졌다. 요즘 들어 일교차가 점점 커져 간다. 특히 이런 날씨면 더 그렇다. 대장간 문밖으로 수증기가 새어 올랐다. 밤새 청안이 마법을 걸어 준 덕분에 화로는 뭔가를 만들기 딱 좋은 그런 온도로 타고 있었다.

조금 더 늦은 시간에 일어나도 좋으련만 좀처럼 길게 잘 수가 없었다. 그 단단하던 오리하르늄 상자를 결국 다 녹여서 주괴로 만들어 놓는 데 성공했기 때문이다.

오리하르늄은 녹이는 게 어렵지 일단 녹이면 그 다음에는 굳히기를 반복해도 금속의 강도에는 지장이 없다. 거기다가 주괴를 만들어 놓고 보니 생각 이상으로 정순해서 놀랐다.

'이 정도 양에 이 정도 순도의 금속을 구하려면 어느 탄광을 가야 하더라?'

어느 탄광을 가든 이만한 게 남아 있을까 모르겠다. 오리하르늄은 매장량도 적고 정순한 건 한 광산 내에서도 나올까 말까 하니까.

무엇보다 막상 상자를 녹여 보니 열 개가 넘는 주괴가 나왔다. 이 작은 상자에 주괴 열 개라니. 아마 내부에 압축 마법을 걸어 놨기 때문일 거다. 그렇다고 해도 이 정도 경지의 마법은 고대 마법사만이 가능하다.

부피는 어떻게든 한다고 해도 질량을 무시하려면 상당한 공간 마법이 필요하니까.

'생각할수록 아깝단 말이지. 그 상자.'

그대로 팔아도 비쌀 거고 연구 가치도 있었을 거다. 그러나 나는 대장장이. 좋은 검을 만들 수 있으면 족하다.

'기왕 만들 거면 뭘 만드는 게 좋지? 가장 대중적인 건 세이버나 롱소드 종류긴 한데…….'

검을 만들 생각으로 밑 준비를 시작했다. 부지런히 손을 움직이고 있으니 대장간 아래 골목에서 누군가 걸어오는 게 보였다.

어두운 보라색 머리카락에 검은색 우산을 썼다. 한쪽 귀에 귀걸이를 달고 있었는데 남자가 걸을 때마다 짤랑이는 소리가 울렸다.

'혹시……?'

붉은색이나 검은색 머리카락은 흔하진 않아도 근방에 없

는 머리카락 색은 아니다. 그러나 저런 보라색 머리카락은 드물다. 남자의 얼굴이 보이지 않는다.

그는 계속해서 이쪽으로 올라왔다.

이야기로 들었던 것보다는 체격이 작았다. 다만 독특한 패션에서 나오는 특유의 위압감 때문에 '아아, 착각할 만도 하겠구나.'라고 작게 납득했다.

남자는 안대를 끼고 있었는데 소년이 남자가 되기 직전의, 딱 가운데의 나이로 보였다. 그가 내 대장간으로 들어온다. 우산을 털며 너스레를 떨었다.

"이야, 이런 날씨는 참 재미있다니까. 그렇지 않아, 누나?"

색이 있는 목소리다. 여자의 마음을 촉촉하게 적시는 마력이 있었다. 그렇기에 나는 더욱 경계심을 올렸다.

목소리 좋기로는 엘도 뒤지지 않으니까. 그리고 그 인간 때문에 내가 무슨 짓을 당했던가.

'혹시 같은 부류 아니야?'

거기다가 누나라니? 날 언제 봤다고.

"……누구시죠?"

그는 손을 뻗어 칼처럼 잘린 자신의 머리카락을 쓸었다. 모자를 벗으니 단발로 자른 머리카락이 모습을 드러낸다. 보통 사람이었다면 절대 어울리기 힘든 헤어스타일이다.

내 질문에 그의 머리가 옆으로 기울어진다. 새벽빛을 받아 귀걸이가 청아한 소리를 냈다. 입술이 여자처럼 붉고 얇았다. 미소가 뱀 같은 사내였다. 그것도 살모사나 코브라처럼 독을 품고 있는 그런 종류의 뱀.

남자는 한쪽 손으로 자신의 안대를 만지작거린다.

"기억 안 나? 나 누나에게 눈 한쪽 줬는데."

"눈이라니……."

위험한 느낌이 들었다. 하필 청안은 밤새 일하다가 지금 자고 있다. 내가 할 수 있는 저항이라고는 뒤로 물러나 벽에 등을 붙이는 정도. 그리고 눈동자를 굴려 도주로를 확인하는 정도다.

'싸워서 이길 수 있을까?'

겉으로 봐서는 검을 쓰는 사람 같아 보이지 않는다. 오히려 곱게 자란 어딘가의 부잣집 도련님 같아 보인다. 그러나 이 동네 와서 부쩍 깨닫는다. 사람 겉으로 봐서는 모른다는 걸.

"……누구시죠?"

"정말로 기억 안 나나 보네."

그는 안대를 풀었다. 한쪽 눈에서 새카만 어둠이 연기처럼 쏟아졌다. 검은 연기라고는 표현하기가 어려운 것이, 말 그대로 어둠이었다. 기침이 밀려온다. 죽을지도 모른다는 생각과 죽는다는 생각이 교차한다. 남자의 손끝에 검은 마력이 솟아난다. 새카만 매니큐어.

그의 손이 내 뺨에 닿기 직전, 남자가 화들짝 뒤로 물러난다. 그와 동시에 은빛 사선이 공기를 갈랐다.

카아앙!

검이다. 대공의 지팡이 검.

칼날이 그의 머리카락을 자르고 스쳐 지나간다. 옆을 돌아보니 아카넬의 안광이 새파랗게 빛나고 있다. 대체 어떻게 온 걸까. 인기척도 느끼지 못했다. 그의 손에는 꽃다발이 들려 있었다. 새하얀 백합이다. 설마 그거 나 주려고 가져온 건 아니겠지?

아카넬이 말했다.

"오랜만에 오니 벌레가 꼬였군."

그가 손짓하자 검이 스스로 날아와 그의 손에 감긴다. 아카넬의 몸이 한순간 사라진다. 그의 검이 횡으로 남자를 찢는다. 남자의 몸이 그 한 방에 갈라진다.

'죽었나? 잠깐, 내 대장간에서 살인나는 거야?'

시체 치울 걱정부터 하는 나도 제정신은 아니지만, 역시 여기는 터에 뭐라도 들렸나 싶다.

아카넬이 검을 턴다.

"일어나라. 리치."

그 말이 끝나자 시체였을 게 분명한 그 남자의 몸이 안개가 되어 흩어지더니 다시 모인다. 아까의 반토막 시신은 어디 갔는지 처음 봤던 그 모습으로 돌아왔다.

"우와, 무서운 형아."

"불로불사의 술법이라도 쓴 것 같군. 번거롭지만 못 죽일 건 아니지."

내가 물었다.

"자, 잠깐, 리치라면 그 전설에 나오는 해골 마법사 말하는 거잖아요?!"

내 앞에 있는 건 살 뽀송한 꽃미인이다. 아무리 봐도 해골 뼈다귀로 보이진 않는다. 그가 상처받은 눈으로 말했다.

"누나, 아무리 같은 리치라고 해도 내가 그런 저급한 애들이랑 같을 거라고 생각해? 난 누나한테 눈까지 줬다고."

눈, 눈? 왜 자꾸 눈이라고 하지? 그리고 왜 그게 이상하다는 생각이 들지 않지?

아카넬과 그의 공격이 거울처럼 이어진다. 아카넬의 검이 공기를 찢는다. 다이아몬드도 베어 버릴 고압축 에어슬래시! 그 공격을 소년은 검은 마력으로 튕겨 낸다.

콰앙!

그 파공음 한 방에 대장간 지붕이 날아간다!

"으아아아악! 저게 얼마짜린데!"

어째서 멘붕은 내 몫이란 말인가! 이대로 있다가는 내 작업장 날아가는 건 시간문제다. 그렇다고 눈앞에 있는 저 두 남정네가 내 말을 들어 처먹을 놈들도 아니다. 살아야 한다. 어떻게든 살아야 한다!

생존 욕구 속에서 머리를 필사적으로 굴린다. 눈, 눈을 줬다고? 언제?

그러다 문득 생각나는 게 있어 소리쳤다.

"꿈! 설마 그 꿈! 거, 검은 토끼!"

남자가 뱀처럼 웃었다.

"어, 누나 기억하고 있네?"

꿈에서 검은 토끼가 내게 눈을 뽑아 줬다. 그걸 삼켰던 기억이 난다. 그러나 그건 어디까지나 꿈일 뿐이지, 현실일 거라고는 상상도 못 했다. 아카넬이 다시 검격을 날린다. 이대로라면 그나마 남은 내 대장간도 파탄이다!

나는 두 사람 사이로 달려가 몸을 던진다.

"그, 그만! 그마아아안!"

지금이라면 수리할 수 있다. 다시 짓는 것까지는 안 해도 돼! 대장간은 일반 건물과는 다르다. 이거 하나 수리하려면 어지간한 집 두 채 값은 너끈히 날아간단 말이다!

아카넬이 급히 검을 회수한다. 그의 검이 호를 그리며 내 코끝을 미끄러진다. 살 끝이 조금 찢어졌다.

그의 목소리가 흔들렸다.

"무슨 생각이지. 끼어들면 죽을 수도 있다는 거 모르지도 않을 텐데."

화가 난 것 같았다. 싸움을 방해했기에 화가 난 건지, 아니면 약혼자인 나를 죽일 뻔했다는 데 분노한 건지는 잘 모르겠다. 내가 대답했다.

"믿었어요. 대공이라면 괜찮을 거라고. 절대로 절 다치게 하지 않을 거라고."

내 대답에 그가 한참 동안 말을 못 잇는다. 마침내 살기를 거두고는 검을 거둔다.

"쯧, 귀찮게 됐군."

내 뒤에 있던 그가 말했다.

"어? 그만해? 정말?"

"여기 무너진다고요. 두 분의 힘을 견딜 정도로 튼튼한 곳은 아닙니다, 이곳."

"상관없잖아. 내가 지어 주면 되지."

댁이 뭔데 지어 준다는 거요. 나는 그를 차갑게 쏘아본다. 그가 내 어깨를 붙잡고 뱀처럼 웃었다.

"당연하잖아! 누님은 내 영혼의 반려니까."

"네?"

그 말이 끝나기가 무섭게 분노한 대공의 검이 대장간을 갈랐다.

카아아앙!

굴뚝을 중심으로 해서 대각선으로 대장간이 잘려 나간다. 마치 가위로 싹둑 자른 것처럼. 너무 엄청나니 오히려 현실성이 없을 정도다. 고작 일격 하나로 건물이 반토막 났다. 수리한 지 얼마나 되었다고 이런 변이라니!

"그만하세요! 둘 다 그만하라고요!"

우선 나는 또다시 내 몸을 방패 삼아 두 사람을 뜯어 말렸다. 그리고 내 지붕을 날린 죽일 만큼 사랑스러운! 그놈의 대공 각하에게 소리 질렀다.

"그만둬요. 둘 다 나가세요!"

아카넬의 눈이 서슬 퍼렇게 빛난다. 그는 보란 듯이 박수를 친다.

"공평하군, 공평해. 둘 다 꺼지라는 말로 대미를 장식하는군. 과연 내 약혼녀야."

댁들 때문에 내가 밥줄이 끊어지게 생겼다고!

3.

둘을 그렇게 내쫓아 버리고 나니 망가진 대장간과 나, 둘밖에 남지 않았다. 뒤늦게 일어난 청안이 무너진 대장간을 보고는 주저앉았다. 보고 있자니 두통이 밀려와서 관자놀이를 꾹꾹 눌렀다. 돈을 청구해야 한다.

물론 최후의 일격을 날린 건 대공이지만 리버 윈터도 기여했다. 반반씩 내라고 해야 하나?

'그러면 가격 책정은 뭘 기준으로 해야 하지?'

장부 굴릴 걸 생각하니 머리가 아파 온다. 청안이 내 등을 토닥인다.

"아씨, 뭔가 맛난 거라도 내올까요?"

"밀크티로 줘. 혀가 녹을 정도로 달게 해서."

푹 꺼지는 목소리에 청안은 어설픈 웃음만 내뱉는다. 시간은 정오가 되어 가건만 비는 그칠 줄 모르고 내린다. 해가 떠 있는데 비라니. 우리 지방에서 이런 날씨는 마귀가 내려오는 날이라고도 해서 이른바 재수 없는 징조다.

그런 미신 진지하게 믿은 적도 없는데, 내 참…….

이윽고 차 끓인다면서 내려간 청안이 다급한 목소리로 나를 부르며 올라온다.

"아씨! 아가씨!"

"응?"

"남자가 왔어요!"

나는 누군지 물어보지도 않고 심드렁하게 대답했다.

"안 본다고 해."

"그 리버 원터……."

청안의 말을 자르고 남자의 목소리가 울렸다.

"보상은 해야 할 거 아니야."

"나중에 제 잘난 약혼자와 함께 오시죠."

내 말에 그가 의외의 대답을 했다.

"미쳤어? 팔 하나 더 날리게?"

무슨 말인가 싶어서 슬쩍 보니 그의 왼쪽 어깨 아래가 텅 비어 있었다. 섬뜩한 느낌이 들었지만 한편으로는 그 모습에 오히려 더 냉정해졌다.

"리치는 죽지 않는다면서요."

몸이 반으로 갈라졌는데도 살아 돌아온 사람이다. 그런 존재가 고작 팔 하나 날아갔다고 아픈 소리 할 턱이 없다. 내 말에 그가 얇게 웃었다.

"이야, 우리 누나 예리하네."

그 말을 하더니 코트 아래로 손을 보여 준다. 잘린 게 아니라 일부러 겨드랑이 안으로 팔을 빼서 괜히 팔 없는 것처럼 보이게 한 거다. 애도 아니고 진짜 유치하다.

다시 축객령을 날리려는 찰나, 그가 말했다.

"말을 바꿀게. 손님의 자격으로 왔어. 누나 무기 만들지? 그 오리하르늄 상자가 누구 거라고 생각해?"

"……."

어떻게 해야 할까. 망설이기도 잠시, 그가 억지로 문을 열고 비집고 들어왔다.

"누나도 내게 묻고 싶은 말 많을 거 아니야."

어떻게 해야 할까. 나는 입술을 슬쩍 깨물었다. 그때 그의 바로 뒤에서 누구 것인지 뻔할 검기가 날아왔다.

'이야아! 대단하다.'

그의 뒤에서 아카넬이 걸어온다.

"쥐새끼처럼 도망쳤군."

이대로 또 한판 할 기세다. 그가 손을 저으며 아카넬에게 말했다.

"아, 형. 나 죽으면 여기 이쁜 누나도 같이 죽어. 진짜로 끝까지 하게?"

이건 또 무슨 소리란 말인가. 그러나 그런 속임수에 넘어 갈 그가 아니었다. 대공은 검을 내질렀고, 그는 기다렸다는 듯 팔을 들었다. 아까와는 다르다. 속임수가 아니다. 진짜 로 팔이 날아갔다.

처음 몸이 반토막 났을 때처럼 현실감 없는 느낌이 아니 었다. 단면에서 피가 쏟아졌다. 그 순간, 내 팔에서 고통이 밀려온다.

"아아악!"

진짜로 팔이 잘린 것만 같았다. 고통 때문에 힘이 풀려 팔을 붙잡고 그대로 주저앉는다. 팔 위로 빨간 줄이 그어져 있다. 아프다. 너무 아파.

아카넬이 당황한다.

"이게 무슨 짓이지?"

그가 떨어진 제 손을 붙잡아 잘린 곳에 붙였다. 신기하게도 점토처럼 팔이 붙기 시작했다. 그의 팔이 회복되자 내 손에 그려져 있던 빨간 줄이 사라진다. 그리고 고통도 점차 멎기 시작했다.

"말했잖아. 나랑 누나는 이어져 있다고. 내가 진짜로 다치면 누나도 다쳐. 내가 죽으면 누나도 죽어."

이건 또 무슨 말이란 말인가.

식은땀이 툭 떨어졌다. 나는 의자를 붙잡고 억지로 몸을 일으켰다. 그가 말했다.

"와아, 누나. 이런 고통에도 기절하지 않다니 대단한 정신력이네?"

어금니를 꽉 깨물며 말했다.

"그냥 들어와요. 이야기부터 합시다."

뭐든 일단 말은 들어 봐야 할 거 아닌가. 이대로는 신경 쇠약 걸릴 거다.

4.

밀크티가 입 안에 진득하게 머문다. 시럽을 너무 많이 넣어서 우유 맛이 거의 느껴지지 않는다.

다과로 내놓은 말굽 쿠키에는 초콜릿을 듬뿍 코팅했다. 청안의 자신작이다. 그러나 단 밀크티에 더 단 초코 말굽 쿠키까지 먹으니 이게 무슨 맛인지 도통 알 수 없다. 그럼에도 나는 꾸역꾸역 입 안에 넣는다.

뭔가 당분을 섭취하지 않으면 스트레스로 죽을 것 같았기 때문이다.

"그러니까 리버 윈터가 본인이시라는 거죠?"

"응, 그 빚도 내가 갚아 줬잖아. 누나."

여기까지는 예상했다. 이미 그의 독특한 행색에 대해서 들은 게 있는지라 처음 봤을 때도 대충 눈치야 챘다. 그러나 상자를 열었던 그 날, 어둠 속에서 의식을 잃었던 그때 보았던 그 꿈도 거짓이 아니었다니.

"그 검은 토끼가 당신이었고요."

"그렇게 보였나 보네."

"그게 무슨 뜻이죠?"

"어차피 모든 꿈은 자기가 완전히 모르는 것은 표현할 수 없어. 그러다 보니 누나 눈에는 내가 토끼로 보였나 봐.

귀여웠어? 나?"

리버는 장난감을 조르는 어린아이처럼 한껏 볼을 부풀려 귀여움을 어필한다. 객관적으로 봐도 상당한 미모다. 이런 미모로 애교를 부리는데 싫어할 사람은 없다. 그러나 나와 아카넬의 반응은 싸늘하기만 하다.

"⋯⋯."

"⋯⋯."

같잖다는 듯이 노려보는 우리 두 사람에게 리버는 '까칠하네.' 라며 혀를 찬다. 그도 그럴 게 당연하지 않은가. 금은보화가 사라진 거야 빚을 댁이 다 갚아 줬으니 속은 쓰리지만 그렇다고 쳐. 거기다 꿈에서 본 토끼가 당신이라고 치자. 그러나 진짜 중요한 건 따로 있지 않나.

"당신이 다치면 제가 다치고, 당신이 죽으면 저도 죽는다고요?"

"응. 그 반대도 가능해. 누나가 다치면 나도 다치고, 누나가 죽으면 나도 죽어."

나는 빵 칼을 집어 들고 보란 듯이 왼손 검지 끝을 땄다. 따끔한 것도 잠시, 검붉은 피가 뚝뚝 떨어진다.

"우와. 누나 진짜 과격하네."

리버가 자신의 검지를 펴 본다. 그의 검지에도 붉은 줄이 그어진다.

"피만 흘리지 않을 뿐이지 고통의 양은 같아. 누나도 느껴 봤잖아?"

잠깐이나마 그의 팔이 날아갔다. 동시에 내 팔도 잘려 나간 것처럼 아팠다. 아니, 사실상 잘린 고통 그대로였겠지. 손만 붙어 있을 뿐 손가락 아래 감각이 없었으니까. 그가 말했다.

"걱정할 건 없어. 나는 꽤나 강하니까. 괜히 고대 리치라고 불렸던 게 아니라고? 나 저기 저 형이 열 받아서 날린 검기도 피하잖아? 물론 전력으로 상대했다면, 나도 전력으로 맞받아쳐야 했겠지만."

"전력으로 상대하면 뭐, 무슨 일이 일어나는데요?"

내 말에 그가 커피잔에서 입술을 뗐다.

"당연한 걸 왜 물어? 이 도시는 날아가는 거지."

아카넬이 맞장구쳤다.

"풀 한 포기도 안 자라겠지."

"난 흑마법사라 마법 특성상 적어도 100년은 황무지가 될 거야."

무슨 같잖은 소리. 머그잔을 쥔 손에 힘이 들어간다.

"뭔 소리입니까. 저 사람은 검사라고요. 이 세상에 어느 인간이 칼질 한 방에 도시를 날려요?"

내 질문에 리버가 눈을 동그랗게 떴다.

"인간? 검사?"

그 순간, 아카넬이 앉은 채로 리버의 정강이를 걷어찼다.

퍼억.

"크악!"

동시에 내 정강이에도 저 인간이 당했던 것과 똑같은 고통이 밀려왔다.

"아악!"

아카넬이 무뚝뚝한 얼굴로 대답했다.

"아, 실수."

'뻔히 보이는 거짓말을 하고 있어. 이 인간이이!'

나는 정강이를 붙잡고 씩씩거린다. 다행히 진짜로 차인 게 아니라서인 건지, 리버 저 인간의 회복력이 상당히 좋아서 그런 건지 그렇게 세게 차였는데 고통은 금방 사라졌다. 오히려 뭐가 그리 재미있는지 키득거리며 아카넬의 안색을 살핀다.

'대체 인간 검사라는 게 뭐가 그리 웃길 포인트라는 거냐.'

나도 바보는 아니다. 지금 이 상황에서 내가 모르는 뭔가가 있다는 건 알고 있다. 다만 생각할 수 있는 가능성이 너무 많아서 뭐 하나 콕 집어서 추측하기가 어려운데, 그나마 그중에서 가장 내 육감을 잡아당기고 있는 것을 고른다.

그러고는 그것을 힘껏 던진다.

"저 사람 인간 아니에요?"

말이 파문이 되어 울린다.

내 질문에 리버가 대답한다.

"호오. 그런 질문을 할 줄은 몰랐네, 누나."

나는 아카넬의 안색을 살핀다. 뭔가 찔리는 게 있든, 그게 아니든 사람이라면 조금이라도 안색이 변할 법한데 그의 표정에는 변화가 없다. 오히려 그는 내게 반문했다.

"그래서? 내가 인간이 아니라면 어쩔 거지. 악마 같은 존재라면? 그대가 나를 대하는 모습이 바뀌나?"

"저 칼 못 만들어도 결혼 안 해 주실 건가요?"

"못 만들면 무조건 결혼이지."

그 말에 맥이 탁 풀렸다.

"에이, 그러면 뭐가 바뀌겠어요. 똑같지."

"⋯⋯."

그 말을 끝으로 잔을 바닥에 내려놓는다. 아니, 내려놓으려 하다가 손이 굳어 버렸다. 그도 그렇게 그의 표정이 뭔가 변해 있었다. 웃는 것도 아니고 그렇다고 화를 내는 것도 아니었다. 분명 평소와 같은 무표정이다. 줄자로 재서 계산한다면 아마 큰 차이 없을 거다. 그러나 달랐다. 뭐가 다른지는 모르겠다.

"그래, 설령 내가 악마라고 해도 너는 괜찮은 건가."

그저 그와 시선이 얽히는 순간, 뭐라 할 수 없이 내 가슴이 두근거렸다.

"아, 아니, 뭐. 파혼 안 해 주신다고 했으니……."

심장이 당황스러워 억지로 시선을 돌린다.

"어, 어쨌든 왜 댁이랑 제 목숨이 연결된 거죠?"

리버가 손에 깍지를 낀다.

"응, 원래라면 봉인이 풀리고 누구 하나를 죽이고 그 사람의 영혼을 제물로 바쳐서 내가 부활했어야 했어."

생각해 보니 그랬다. 그때 그는 내게 물었다. 죽이고 싶은 사람을 고르라고 했다.

누구도 죽이고 싶지 않다고 하자 그는 곤란한 듯 웃었다. 그러면 나를 죽여야 하는데, 자신을 구해 준 누나를 죽이고는 싶지 않다고 했다. 그 말, 그 뜻. 그 말대로라면 그는 나를 죽였어야 완전히 부활한다는 거다.

"그래서 눈 하나를 내게 뽑아서 줬는데 그게……."

"응, 하나의 목숨을 둘이 나눠 갖는 거야. 누나를 죽일 수는 없었으니까 편법을 썼지."

"해제할 순 없나요?"

내 질문에 리버가 싱글싱글 웃는다.

"처음부터 아예 안 하면 모를까, 이제는 둘 다 죽어야 끝날걸?"

그 순간, 아카넬이 들고 있던 찻잔이 균열을 내며 깨진다.

"실수했군."

리버가 웃었다.

"답지 않게 왜 힘 조절을 못 하고 그래, 형."

조각을 치우는 청안의 털이 잔뜩 곤두서 있다. 야생의 직감이 경보를 울리는 모양이다. 그럼에도 청안의 손은 조금도 지체되지 않는다. 대단한 의지다.

그도 그럴 게 야생의 감은커녕 평범한 인간인 나조차 팔에 소름이 돋아나고 있으니까. 분명 살기는 없다. 그렇다고 그가 마력을 개방한 것도 아니다. 그럼에도 끝 모를 공포가 밀려온다.

아카넬이 말했다.

"광대를 좋아하는 편이지만 오늘은 기분이 아니군. 정중한 부탁인데 말일세, 좀 닥쳐 주겠나?"

쿠그극-

바람이 불지도 않았는데 공기가 아카넬을 중심으로 흔들린다. 숨을 쉬기도 힘든 압박감. 나는 의자 손잡이를 힘줄이 돋아날 정도로 붙잡는다. 리버는 그런 아카넬을 정면으로 바라본다.

"누나를 좋아하는 거야? 아니면 소유하고 싶은 거야? 나는 너희 같은 자들을 알아."

아카넬이 대답한다.

"나 역시 너 같은 자들을 알지."

리버가 말했다.

"너희 같은 자들은 사랑을 모르지."

"그렇다면 너는 그것을 아나?"

리버는 새하얀 검지를 들어 내 뺨 끝을 쓸었다. 새카만 매니큐어가 무척이나 어울렸다. 그러나 뭐랄까, 맹수의 혀가 내 뺨을 핥고 지나가는 것 같았다. 리버의 손이 뺨에서 내 머리카락을 쓸고 올라간다. 그가 말했다.

"당연하지. 나는 인간의 악의를 알고 있는걸."

"그게 사랑과 똑같다는 건가?"

"어둠을 안다면 빛을 아는 것과 같지. 너는 몰라. 아카넬 아르노크, 아니 아크로드 아크란. 너는 빛보다 빠르고, 불꽃보다 강렬하고, 증오보다 새카만 게 뭔지 몰라. 영원히 모르겠지. 너 같은 고귀한 존재께서는……."

한없이 마(魔)에 가까운 자가 내 머리카락의 향을 맡는다. 도망치고 싶었지만 몸이 굳어 움직일 수가 없었다.

아아, 이 느낌을 알고 있다. 그 어린 날 어두운 밤, 곰을 만났을 때 그랬다. 나는 다리 한쪽 움직일 수 없었고, 그것은 어둠 속에서 눈을 빛냈다. 그는 내게 먹이가 될 수 있는지 물었다. 살려면 대답해야만 했다.

지금은 곰이 아닌, 그깟 곰 따위 몇백 마리도 벌레처럼 죽일 수 있는 자가 옆에 앉아 있다. 내 머리카락을 쓸고 있는 이 손은 마음만 먹으면 내 두개골 정도는 쉽게 으깰 수 있으리라. 그럼에도 아카넬은 그를 죽이지 못한다. 다치게조차 하지 않는다.

그 이유는 알고 있었다. 그랬다가는 나도 함께 부서질 테니까.

그게 사랑이 아니라 단순히 약혼녀이기에 하는 배려일 수도 있겠다. 그러나 그 마음에 감사를 담아 나는 힘껏 빵칼을 휘둘렀다.

나 자신에게!

"무슨……?!"

뒤늦게 리버가 당황한다. 빵 칼이 내 허벅지에 꽂힌다. 그는 강해도 나는 인간이다. 어차피 공유한다면 나 자신을 찌르는 게 훨씬 아플 터!

"크아아악! 누나아!"

나도 나사가 풀려서 소리 질렀다.

"닥쳐. 누가 네 누나야!"

리버와 나는 같은 곳을 동시에 붙잡고 엎어진다. 이 촌극 아닌 촌극에 아카넬은 그만 웃고 말았다.

무거웠던 공기가 삽시간에 풀린다. 리버가 소년처럼 툴툴거린다. 아니, 분위기 때문에 눈치 못 챘는데 얼굴만 보면 청년보다는 소년에 가깝다. 얼굴이 아직 앳된걸. 나는 그에게 말했다.

"한 번만 더 그딴 식으로 찝쩍이기만 해 보십쇼! 아주 그냥 댁 죽고 나 죽을 테니!"

"으악! 누나! 자해 공갈은 너무 하잖아!"

"닥쳐! 댁이 자초한 거잖아! 나는 그럴 자격 있어!"

나사가 풀려서 반말과 존댓말이 동시에 나간다. 아카넬은 나와 그를 보며 그렇게 한참을 웃는다. 아카넬의 웃음은 보기가 힘들다. 특히 즐겁다는 듯이 터뜨리는 웃음은…….

이윽고 그가 입을 열었다.

"리치여, 어쩌면 그대 말이 맞을지도 모르지. 그런 감정은 우리 같은 영원들에게 너무 강렬해서 독이 될 거다."

그는 몸을 일으켰다. 그러고는 나를 들어 곱게 안았다.

"인간의 악의? 모를 수 있네. 인간의 사랑? 모를 수도 있지. 하지만 그보다 더 깊은 감정이 뭔지는 알고 있지. 언젠가 나와 같은 자들이 사라지고 이 세상이 멸망하고, 산 자들이 죽은 자를 부러워하는 그 순간에도 남아 있을 것이지. 그건 시간을 이기고 상식을 부수지. 절망보다 더 절망스럽고, 어두울수록 더 빛나는 그게 뭔지 그대가 알고 있나?"

리버가 물었다.

"그게 뭐지. 고귀한 존재 씨?"

아카넬은 나를 끌어안은 팔에 힘을 주었다. 그러고는 더없이 자상하게 내 머리칼을 쓸었다.

"……희망이지. 변하리라는. 내가 바뀔 수 있고 더 나아질 거라는 희망."

그 말을 끝으로 그는 나를 침실로 옮겼다. 청안이 붕대와 회복 포션을 들고 우리 뒤를 따라왔다. 그의 등 바로 옆으로 언뜻 리버의 표정이 스쳐 지나간다. 그는 웃고 있었다.

한 방 먹었다는 표정으로, 그러나 무척이나 즐거웠다는 마음을 담아서.

나는 시선을 돌린다. 새벽부터 너무 피곤한 하루였다.

여우비는 아직도 지붕을 두드리고 있었다. 습한 공기가 차갑게 목덜미를 쓸고 지나갔다.

마치 죽음처럼.

5.

아프게 찔렀을 뿐이지 깊게 찌른 건 아니었다. 그러나 청안은 한사코 회복 포션을 사용하려고 했다.

"그게 얼마짜리인데 써요?"

억지로 몸을 움직여야 하는 전투 때라면 모를까, 이거 한 병에 칼 몇 자루 값이다. 옛날부터 몸도 잘 나아서 이 정도 상처는 금방 낫는다. 아카넬은 청안에게서 포션 병을 뺏더니 나를 단단히 고정한다. 억지로라도 부을 요량이다.

"으아아악! 괜찮다니까, 정말로!"

"가만히 있어 봐. 가만히."

포션을 부으려던 아카넬의 손이 멈춘다. 그러고는 내 상처 위를 한 번 쓸었다.

"벌써 낫기 시작했군."

뭔가 싶어서 상처 부위를 보니 이미 피가 멎어 있었다. 살이 아무는 모습이 눈에 보일 지경이었다. 문밖에서 리버의 목소리가 들렸다.

"누나는 나와 운명을 공유하게 되었다고? 그대로 보통 사람의 몸일 리 없잖아."

우리를 따라 올라왔던 건가? 그가 문지방에 등을 기댄다.

그러고 보니 칼로 손끝을 땄던 자국도, 아카넬의 검이 내 코를 가볍게 스쳤던 자국도 완전히 사라져 있었다. 이건 마치 내가 인간이 아니게 된 것 같다. 내 마음이라도 읽은 것처럼 리버가 말했다.

"누나는 나랑 섞이는 바람에 이미 절반은 마물에 가까운 존재가 되었다는 거지."

손톱을 세워서 살갗 위를 쭉 그어 보았다. 자국이 붉게 부어올랐다가 금방 사라진다.

'신기하네, 이거.'

그가 물었다.

"누나, 무섭지 않아?"

"나 죽으면 지옥 가요?"

"악마에게 영혼을 판 것도 아니니까. 그건 상관없을걸?"

"그러면 꽤 편리한 거 아닌가요?"

내 말에 리버가 실실 웃었다.

"역시 날 깨운 사람답다니까? 아무래도 나 누나한테 반한 것 같아."

이 순간 아카넬이 저 꽃소년의 머리를 으깨지 않은 건 순전히 그랬다가는 내 머리도 같이 으깨지기 때문이었을 거다.

나는 작게 한숨을 쉬었다.

"생각 좀 정리할게요. 혼자 있을 시간 좀 주세요."

그 상자를 열지 않았다면 어떻게 되었을까? 아마 돈만 챙겨서 나올 수 있었으리라.

결과적으로만 봤을 때 나는 반쯤 인간이 아니게 되었다. 강한 회복력, 그리고 방금 실험해 봤는데 근력도 보통 사람보다 강해진 것 같다. 그러나 절반은 마(魔)에 물들었다니.

아카넬이 말하는 뉘앙스를 보니 그리 좋은 현상은 아닌 것 같다. 천사의 선물도 아니고 악마의 거래다. 뭔가 숨겨져 있는 게 있겠지.

저녁 즈음에 대장간이 시끄러워 나와 보니 아카넬이 보낸 인부들과 리버가 보낸 인부들이 싸워 대고 있었다. 둘 다 수리 때문에 왔는데 대장간은 하나다. 누구 하나는 양보를 해야 하는 상황. 거기다가 이런 쪽 기술자들은 손에 딱 맞는 동료가 아니면 같이 일하는 것도 싫어해서 한쪽을 완전히 잡역부로 쓰지 않으면 안 된다.

둘 다 이 근방의 역사 깊은 공방에서 오셨다. 거기다가 두 공방은 오래된 라이벌이다. 이건 자존심의 문제였다.

마음 같아서는 다 두들겨 패서 돌려보내고 싶지만 이걸 당장 고치지 않으면 내 밥줄이 끊긴다. 동전 던져서 고를 수 있는 문제라면 백번은 더 던졌을 거다. 결국 둘 다 돌려보내고, 수리비를 받아서 달빛 모루분들에게 부탁했다.

당연한 말이지만 그날 바로 도와주셨다. 전보다도 더 좋은 대장간을 만들어 주셨다.

돈이 좋긴 좋다. 두 사람이 보낸 수리비를 합치니 원래 대장간의 몇 배는 좋은 시설을 만들 수 있었다.

뭔 놈의 급랭 시설에 마법 주문이 각인된 사파이어를 박

있는데, 이거라면 아무리 까다로운 종류의 금속이라도 고온 고열에도 변조되지 않고 강도는 더욱더 강한 철을 만들어 낼 수 있다. 거기다가 근력 보조 및 정확성을 높여 주는 마법 망치라든가 화로 온도를 단기간에 초고온까지 높여 주는 풀무까지 갖춰져 있고, 심지어 냉각수도 우물까지 갈 것도 없이 펌프 한 번만 누르면 콸콸콸 나온다.

아예 설계 단계부터 다 다시 시작해서 정확히 열흘 걸렸다. 돈이 남아도니 잡역부를 넉넉하게 불러 빨리 끝낼 수 있었다. 워낙 달빛 곰족분들이 이런 쪽의 전문가들이기도 한 데다가 청안이 깨알처럼 도와준 덕분이기도 했다.

마침내 완전히 완성된 대장간에 혼자 오도카니 앉아 허니 밀크티를 마셨다.

보통 대장간 관습상 완공 첫날에는 그 해에 담근 술을 마셨겠지만 관습대로 하면 여자가 대장간에 들어오는 순간 이미 동티다. 하물며 직접 대장간을 운영하다니, 상상도 못할 일.

달을 보며 마시는 밀크티는 그야말로 꿀맛이다. 엄마가 봤으면 한 소리 했을 거다. 제대로 찻잔에 담아서 조신하게 앉아 먹는 것도 아니고, 의자에 다리 쩍 벌리고 앉아서 마시고 있으니.

뭐, 됐다. 이러려고 혼자 사는 거 아닌가.

더 이상 다른 누군가의 시선에 좌우되지 않아도 되니까.

'이제 겨우 작업을 할 수 있게 되었네.'

책상 위, 오리하르늄 주괴를 한참이나 바라보았다.

돈을 생각한다면 검을 만드는 게 가장 좋다. 가장 널리 쓰이는 무기니까. 그러나 뭐랄까, 새로운 것을 만들고 싶었다. 그게 뭔지는 나도 잘 모르겠다.

그때 창문이 벌컥 열린다.

"지팡이 어때, 누나? 지팡이!"

깜짝 놀라 올려다보니 리버가 창문을 열고 안으로 성큼 뛰어 들어온다.

"제가 무슨 생각하는지는 어떻게 아는 겁니까?"

"당연하지. 우리는 연결되어 있잖아? 거기다가 누나 얼굴에 다 쓰여 있다고."

하아, 연결되어 있기에 무슨 생각을 하는지 다 안다고? 하지만 나는 전혀 모르겠는데? 내가 어떻게 댁 생각을 다 알아?

내 생각을 읽었는지 리버가 대답했다.

"나야 정신적으로 방비를 해 놓았으니까 그렇지. 누나는 생각하는 게 줄줄 새."

"윽."

"요령을 알면 내가 마음을 못 읽게 벽을 칠 수 있긴 한데, 가르쳐주고 싶지는 않네."

리버의 머리카락이 바람에 흩날린다. 밤하늘과 닮은 머리카락이 달빛을 받아 유연한 곡선을 그렸다.

어둠 속에서 가죽 안대가 번들거렸고 그 아래 얇은 입술이 피를 먹은 것처럼 붉어서 입 맞추고 싶을 만큼 요염했다.

그야말로 뱀을 닮은 사람이었다. 위험하기에 그만큼 매력이 있는 무언가.

마을 사람들이 절대로 들어가면 안 된다고 하는, 그런 금지된 숲 속에 살고 있는 무언가 같았다.

리버는 오리하르늄 주괴의 표면을 손끝으로 쓸었다. 새카만 손톱이 은빛 표면을 가른다.

"지팡이 만들어 줘."

"네?"

"이거 말이야. 내가 갇혀 있던 걸로 만든 거잖아? 그러니까 지팡이 만들어 줘. 돈은 충분히 줄게."

지팡이라니. 그런 건 마법사의 탑에서나 만드는 물건 아니던가? 거기다가 만들어 본 적도 없다고?

"마법 공학의 기초는 이쪽에서 가르쳐줄게. 도안도 줄게. 누나도 어차피 언젠가 마법 걸린 무기도 만들어야 할 거 아니야. 파혼하려면 드래곤 슬레이어 만들어야 한다며?"

대체 그건 언제 주워들었을까.

리버의 얼굴이 내게 바짝 다가온다. 어리다 싶은 앳된 얼굴이 내 코에 닿았다.

"어차피 누나는 나랑 살아야 하잖아."

"누가 그걸 정한답니까."

"어쩔 수 없잖아? 그때 누나를 죽일 수도 있었다고? 하지만 이제 우리는 목숨 하나를 공유한 사이니까."

하아, 한숨이 나온다. 좋든 싫든 저 리치 놈과 목숨 하나를 공유하게 되었다는 사실은 변함이 없다.

'어쩌다 이 지경이 된 건지.'

리버가 말했다.

"좋은 거래라고 생각하는데? 일단은 지팡이 형태만 만들어줘 봐. 회로는 내가 넣을 테니까. 어차피 오리하르늄 특성상 녹이고 다시 만들어도 강도에는 변화가 없잖아?"

리버의 숨결이 내 입술에 닿았다. 거리가 너무 가깝다. 말이야 사무적이라고 해도 행동은 누가 봐도 노골적인 유혹이다. 청안이 문을 박차고 들어왔다.

"네 이놈! 어딜 아가씨에게 추잡한 짓을 하느냐!"

좋은 타이밍. 청안은 불같이 화를 내며 우리를 떨어뜨린다. 나는 안도의 한숨을 내쉬며 뒤로 물러난다.

"조… 좋아요. 그 조건 받아들이죠. 대신 돈은 제대로 뜯어낼 테니까 알아서 하세요. 저 비싼 몸입니다! 아셨습니까? 그리고 기간도 오래 걸릴 거예요. 지팡이는 공부해야 할 것도 많으니까."

칼 안 팔려서 고생하고 있는 몸이기도 하지.

리버가 엷게 웃는다.

"좋아. 그러면 약속이다, 누나?"

그렇게 말하며 새끼손가락을 내게 펴 보인다. 아이나 할 법한 제스처에 나도 모르게 함께 손가락을 걸었다.

리버가 해맑게 웃었다.

"약속!"

그래, 약속이다. 이놈아. 그때 리버가 눈을 크게 뜨고 내게 물었다.

"이놈이라니. 이래 보여도 인생의 반려자인데."

취소다. 나는 조건 하나 더 얹었다.

"마음에 벽을 치는 방법도 가르쳐 주셔야 합니다."

"윽. 그건 싫어."

친하지도 않은 사람에게 생각이 줄줄 새는 것도 좀…….

6.

모든 대장장이들은 꿈을 꾼다. 언젠가 내가 만든 검이 세계 최강이 될 거라고. 마찬가지로 마법사들도 꿈을 꾼다. 언젠가 세상의 이치를 깨달아 신의 자리에 오를 거라고. 그들은 마법을 연구함으로써 언젠가 신이 될 수 있다 믿는다.

이 세상의 본질을 보는 관점에 따라 마법 학파가 나뉘는데, 예를 들면 빛에서 이 세상의 진리를 보고자 한다면 백마법, 원소 계열 마법에서 진리를 보고자 한다면 적마법, 이런 식으로 나뉜다.

그중에서 흑마법은 이 세상의 기원이 생명에 있다고 보고 그 생명에 대해 연구를 한다. 이게 이론상으로는 백마법과 다를 바 없는 느낌인데 그 생명에 대해 알아 가는 방식이라는 게 좀 그렇다.

'우리는 생명에 대해 알고 싶다. 그러니 해부를 해 보자.'

인체 해부는 당연한 것이고 죽음을 알아야 삶도 아는 법. 그래서 사람을 죽이고 좀비로 만들기도 한다. 가끔 소와 염소를 합성한다거나 인간과 말을 합성해 키메라로 만든다거나…….

마법 학파 중에서 가장 과격한 학파이기 때문에 한때는 국가 단위로 토벌하고 그랬다. 그러나 제국이 예전과 같지 않다 보니 이제는 전쟁의 필수 요소가 되어 가고 있다.

하늘에 불덩이를 소환하고 군대 100명이 마을을 쓸어버리는 것보다 우물에 독을 타는 게 더 효율적이다.

황권이 약화되고 전쟁이 가속될수록 흑마법사들은 더욱 활개치고 있고, 과거만 해도 흑마법을 연구했다는 사실이 발각되자마자 종교재판에 보내서 화형시키는 게 과반수고 종교재판에 참석하지 않으면 군대를 이끌고 토벌하러 가는 게 당연한 절차였는데 이제는 그런 것도 없다.

오히려 영지에 따라 흑마법사를 적극적으로 등용하거나 세금을 받고 시설 허가를 내주는 등 적당히 조절하고 있다. 물론 살인이나 납치는 어느 영지나 여전히 법으로 금지하고 있지만 노예를 대상으로 하는 생체 실험은 또 가능하다.

아무튼 우리의 리버도 흑마법사다. 그냥 흑마법사도 아니고 역사서에 두고두고 나오는 흑마법계의 스타라고 할 수 있다. 리버가 살았던 당시는 한창 탄압도 많던 때라서 살기 참 팍팍했다고 한다.

리버는 흑마법의 비의를 깨닫고 불로불사의 비술까지 깨우친다. 그 와중에 토벌 온 군대와 싸웠고, 그게 점점 더 가열되다 보니 각지의 용사들이 덤벼들기 시작했다.

'처음 동네급 용사들까지야 놀기 쉬웠지. 지역구 용사들도 싸울 만했어. 전국구 용사까지도 버텼는데, 세계구 용사들 몇 번 오고 나니 그 지망생급 놈들이 끝도 없이 오더라고.'

당시 세상은 대용사 시대.

서점에 가면 꽂혀 있는 영웅 소설 절반이 리버가 있던 시대에 나온 거다. 그 당시에는 신들도 지금보다 적극적으로 신탁을 내렸고, 영웅들도 툭하면 태어났던 그런 시대였다.

용사도 튀지 않으면 취직이 안 되는 시대. 뭐 좀 무찌르러 가면 다른 지역구 영웅이 이미 털어 버리고 본인은 말사룻값도 못 건지는 그런 시절이었다.

당연한 말이지만 그런 시대에서 난공불락의 리치 던전은 세계구 영웅이 되기 위한 등용문 같은 느낌이었다.

그리고 그게 리버 일생일대의 불운이라고 할 수 있었다.

'쥐어 패도 계속계속 몰려오니까 물량으로 상대가 안 되더라고. 결국 도박을 하는 수밖에 없었어.'

리치들은 심장을 구슬 형태로 만들어 보관한다. 그걸 라이프 베슬이라고 부르는데, 그게 깨지지 않는 한 죽지 않는다. 리버는 진짜 라이프 베슬을 내가 집어든 그 오리하르늄 상자에 넣었다. 억지로 열면 열리지도 않게 봉했다. 그러고는 몸이 용사들에게 당할 때 가짜 라이프 베슬을 부숴서 죽은 걸로 위장, 본체는 보물창고 안에 꽁꽁 봉인해 두었다.

여기서 문제가 생긴다.

원래라면 용사들이 우르르 몰려와서 보물창고를 터는 김에 자신이 들어 있는 상자도 털어야 하는 게 맞는 수순이다. 그러나 이놈들은 보물창고 지름길도 하나 파악 못 한 채로 함정에 전부 죽고 만다.

'그래도 바로 다음 용사가 털러 올 줄 알았지. 그런데 그 렇게 대용사 시대가 맥 빠지게 사라질 줄은……'

그랬다. 용사가 많이 태어나는 시절이 있다면 적게 태어 나는 시절도 있는 거다.

신들이 난립을 하고 축복받은 인간들이 계속 태어나서 재능 인플레이션이 터져 봐야 생기는 건 실업난이고 전쟁 뿐이다. 마땅한 업적을 세우지 못한 실직 용사들이 뻑하면 나라 세우겠다고 동료 모아 난립하는 터라 인간계 꼴이 말 이 아니었다.

결국 대전쟁이 터졌고, 그걸 기점으로 신들은 더 이상 인 간 세상에 적극적으로 간섭하지 않았다.

기껏해야 신전에서 간간히 내려오는 신탁 정도.

그게 신화시대의 끝.

결국 그 던전은 그렇게 쓸쓸히 버려진 채 내가 상자를 열 때까지 하염없이 시간을 보내고 있게 되었다.

이야기를 마치고 리버가 말했다.

"누나가 조금만 더 늦게 왔어도 나 미쳤을 거야."

아니야. 넌 이미 좀 맛이 간 거 같아.

내 마음을 또 읽었는지 그가 이마를 살짝 찌푸린다.

"누나, 이 정도면 흑마법사치고 신사라고."

"그래도 사람 도살하고 실험하고 그런 건 똑같잖습니까."

내 말에 그가 같잖다는 듯 대답했다.

"실험? 하기야 했지. 하지만 모두 날 죽이려 했던 놈들이나 소원을 대가로 몸을 바치겠다는 놈들만 했어. 이미 내 목숨을 노리고 온 놈들이니 지들이 무슨 짓을 당해도 할 말 없을 거고, 소원 하나 때문에 영혼도 파는 판국에 몸뚱이 하나 바쳐서 이룰 수 있으면 남는 장사지."

"하아……."

"그래. 그거 외에도 나쁜 짓 좀 하고 살긴 했어. 하지만 사람 도살하는 건 나만 했을 거 같아? 아카넬은? 그놈은 전쟁 안 나가 봤대?"

두통이 밀려온다. 나도 무가(武家)에서 자란 몸이다.

과거 황권이 건재했던 평화로운 시절이면 모를까, 지금은 혼란의 시대. 사람 목숨이 파리만도 못하다는 건 잘 알고 있다.

내가 만드는 것도 칼. 극한의 검을 만들겠다는 나의 꿈은 뒤집어서 말하자면 극한의 살육을 하는 도구를 만들겠다는 뜻이다. 칼은 칼일 뿐이다.

나는 그렇게 순진하지는 않다.

칼은 사람을 베기 위해 존재한다. 그리고 나는 그 매력에 이끌려 생을 바치기로 결심했다.

리버가 킬킬킬 웃었다.

"선악은 동전의 앞뒤와 같은 거지. 보는 시선만 다를 뿐이지 결국 같은 동전을 보고 있는 것뿐이야."

리버는 말을 끝내고 걸어갔다. 달빛이 어깨를 비춘다. 그의 그림자가 점점 부풀어 오르더니 그를 덮었다. 완전한 어둠 속, 이윽고 그림자가 걷히자 리버의 모습은 열 살 즈음 되어 보이는 어린 소년으로 변했다.

"원래 모습은 마력 소모가 커서 말이야. 좀 절약하려고 몸을 줄였어."

키는 줄었지만 안대와 새카만 손톱만은 그대로라서 분위기가 묘하다. 소년이 말했다.

"세상 사람들이 나를 어떻게 평가할지는 모르겠어. 하지만 나는 내 나름의 법칙이 있고 그 법칙을 지키며 움직여. 누나, 나는 나 혼자 살고자 했다면 누나를 죽일 수도 있었어. 기억해?"

어두운 숲 속, 나는 어떤 검은 토끼를 만났다.

그 토끼는 내가 원하는 누군가를 죽여 주겠노라 했다. 나는 누구도 죽이고 싶지 않다고 했고 그 토끼는 그렇게 되면 내가 죽을 수밖에 없노라고 했다. 그러나 나는 나 자신이 죽는 것도 싫다고 했다. 토끼는 내게 자신의 눈을 뽑아 건넸다. 나는 그걸 삼켰다.

그건 아주 오래된 계약이라고 했다. 이제는 기억하는 사람이 없는 그런 계약. 목숨 하나를 둘이 나누겠노라 맹세하는 계약이다.

리버가 말했다.

"그 결과 내 마력의 절반을 누나가 가져갔어. 물론 그게 아까운 건 아니야. 나는 어둠의 비의를 본 자. 신과 가장 가까우나 끝내 신이 되지는 못한 자니까. 내가 말하고 싶은 건 딱 하나……."

소년의 검은 매니큐어가 달빛에 요요한 빛을 반사한다. 자신의 얇고 붉은 입술을 긁으며 그가 속삭였다.

"…나는 신사라는 거지."

눈이 마주치자 나도 모르게 시선을 돌린다.

이 소년은 사람을 빨아들이는 그런 무언가가 있었다. 이건 무척이나 어두운 성질의 카리스마였다. 사람을 끌어 당겨 나락으로 떨어뜨리는 종류다.

냉정하게, 최대한 냉정하게 머리를 굴린다. 소년의 말에는 뭔가 꺼림칙한 부분이 담겨 있었다. 그게 무엇인지 말로 표현하기가 어려웠다. 과거 아버지가 그랬다.

'육감을 믿어라. 그 다음 생각해라. 너는 나보다
도 육감이 좋고 격정 속에서도 냉정할 줄 아는 아이
니까.'

내 육감이 방금 뭔가 중요한 것을 놓치고 있다고 말하고
있다. 소년의 말, 그 앞뒤 문맥에 뭔가 들어 있었다.

신화 속의 상자 같은, 열면 불행이 생기지만 그럼에도 불
구하고 언젠가 열어야만 하는 상자.

어두운 내 머릿속, 빛 한 줄기가 생쥐가 되어 뇌를 태운
다. 그리고 그 빛은 이윽고 어느 한 가지 추론에 도달했다.

"흑마법사는 흑마력이라는 걸 쓴다죠? 인간의 원념, 분
노, 원한이 담긴 오염된 마력이요."

"응, 맞아, 누나. 그렇기에 흑마법사의 마력은 보통의 마
력보다 밀도가 짙고 끈적하지."

"보통 사람이라면 닿기만 해도 살이 녹거나 저주에 걸린
다고 하는 거요."

"잘 알고 있네. 아카넬이 가르쳐 준 거야?"

"……."

이윽고 나는 어떠한 결론에 도달한다. 추론의 상자가 달
그락 소리를 낸다. 나는 논리의 철사로 그곳을 당긴다. 라인
패스는 일정하다. 톱니와 톱니가 맞물리는 촉감이 단단하다.

이 상자를 열까, 말까.

얼마 전 나는 절대로 열어서는 안 되는 상자를 열고 말았
다. 그 결과 나는 생판 모르는 흑마법사에게 내 생명의 절
반을 줘야 했고, 그 흑마법사는 그게 자신이 신사인 이유라
고 했다. 적어도 날 죽이지는 않았으니까.

아무리 좋게 표현해도 '불운', 그 이상의 단어는 없으리라.

이제 내 머릿속에 두 번째 상자가 도착했다. 발견하기는
첫 번째 상자보다 어렵지만 열기는 쉬웠다. 모든 실린더가
일직선으로 이어진 걸 느낀다. 이제 입술을 비틀어 여는 일
만이 남았다.

새벽이 찬 숨을 뱉었다. 먼 곳에서 종소리가 울렸다. 산
자를 위한 종일까. 죽은 자를 위한 종일까. 종은 멈추지 않
고 울렸다. 망설임은 그리 길지 않았다.

그 종의 끝, 내 목소리가 상자를 열고야 말았다.

"그러면 그 저주의 절반이 제 안에 들어 있는 거네요?"

"그렇게 생각해?"

"지난번에 말하셨잖아요. 이미 내 몸에 변화가 왔다고.
내 재생력도 인간의 것이 아니고 근력도 이제 인간을 뛰
어 넘기 시작했다고. 그리고 방금 말하셨죠. 당신 힘의 절
반은 내가 가지고 있다고. 그렇다는 말은 그 흑마력도 이
미……"

상자 속 어둠이 웃었다.

소년이 입술을 벌린다. 새빨간 입술 사이 새카만 어둠이 나를 마주 본다.

"누나의 혈관을 돌고 있지. 이제 깨달았어? 그게 바로 아카넬 아르노크, 그 고귀한 존재께서 그토록 진노하며, 그럼에도 불구하고 나를 죽이지 못하는 이유. 누나의 절반은 인간이 아니야. 나와 같은 마물이지. 그리고 시간이 갈수록 더욱 빛보다는 어둠에 가까워질 거야."

다리에 힘이 풀린다. 갓 만들어 붙인 타일이 허벅지 아래에서 차갑게 까끌거린다. 소년이 내게 다가온다. 그러고는 고사리 같은 손을 내게 내밀었다.

"누나가 어떤 고귀한 존재의 신부이건, 그건 상관없어. 빠르든 늦든 누나는 조금씩 변화할 거야. 그리고 나는 원하는 것을 위해서는 수단과 방법을 가리지 않거든. 옛날부터 그랬잖아. 악마는 강해서 악마가 아니야. 끈질겨서 악마인 거지. 그리고 나는 강한 데다 영악하기까지 해."

상자는 완전히 열렸다. 끈적끈적한 어둠이 내 혈관을 타고 헤엄치는 게 느껴진다.

숨을 몰아쉬었다.

소년의 새하얀 손이 내 눈앞에 까딱인다. 명백한 유혹에 이를 악문다. 그러나 끝내 나는 소년의 손을 붙잡았다. 내가 넘어갔다고 느낀 건가? 소년의 눈가가 부드럽게 휘어진다.

그 순간, 나는 소년의 팔을 내 쪽으로 와락 당긴다. 그러고는 주먹을 들어 다짜고짜 소년을 후려쳤다.

퍼어억—!

7.

자고 일어나니 비가 내렸다. 어제 밤 내가 한 것은 내 인생에 똥을 뿌린 흑마법사 애새끼를 정줄 놓고 패버린 거다. 아카넬 앞에서는 그렇게 받아치더니 내가 팰 때는 실실 웃으며 두들겨 맞았다. 패도 패도 상처가 회복이 되니 패는 기분도 안 든다. 거기다가 아무리 속은 불로불사의 리치 할아버지라고 해도 겉은 애 모습이니 주먹에 힘도 잘 안 들어가고.

때려 봐야 감각이 공유되니 아픈 건 똑같고.

청안이 놀라 들어와서 뜯어 말렸다.

'아, 강하다고. 빌어먹을, 너무 강해.'

이래 보여도 나는 결코 약한 편은 아니다. 검을 쓰지 않는다고 해도 어지간한 기사 서넛은 쓰러뜨릴 수 있다.

마력을 모르는 일반 장정들이 덤비면 거기부터는 숫자가

중요하지 않다. 그냥 내 근육 남아날 때까지 팰 수 있다.

내 입으로 말하기 웃기지만 나 같은 인재가 만약 전쟁터 근처 영지에 태어났으면 적 무장들을 추풍낙엽처럼 베면서 군웅할거하고 있었을 거다.

그런 강함이다. 내가 여기 도시 여자들 중에 가장 아름답다는 소리는 못 해도 주먹으로는 내가 '최강이다!' 라고 사거리에서 소리 지르면서 내 강함을 반박하는 놈들의 다리를 수수깡처럼 부러뜨릴 수 있다.

그런 강함도 상대가 상대니 쥐뿔도 안 통한다.

대륙 제일검에 인간이 아닐지도 모르는 약혼자, 불로불사에 자칭 가장 신에 가까운 존재라는 흑마법사에 심지어 엘 이놈은 강한 건 맞는데 대체 뭐하는 자식인지도 모른다.

소녀풍 로맨스였다면 나를 두고 세 남자가 싸우는 걸 지켜보고 있을 거다. 그리고 손수건을 적시며 나 때문에 싸우지 말라고 흐느끼고 있겠지. 그러나 현실은 매정하다. 애정은커녕 어째 날 두고 다 지들 욕심 챙기기 바쁘다.

만만한 성격이 이 중에 하나도 없다는 게 쓰라리다.

'미쳐 돌아가시겠네.'

아침 느지막하게 일어나니 아직도 비가 내리고 있었다. 바닷가 도시다 보니 안개도 잦고 비도 많이 내린다.

청안은 내가 일어난 소리를 듣고 모닝티를 끓여 왔다. 말린 사과와 홍차 잎, 그리고 벌꿀 조금 넣고 끓인 차인데 향이 진하고 섬세했다. 한 모금 축이니 사과향이 혀에서 비강까지 깊이 적셨다.

"내가 끓였다면 분명이 맛이 없었을 텐데. 아, 이거 뒷맛은 시나몬을 넣은 건가?"

"네. 균형이 중요한 차이지요. 저도 배우면서 꽤 고생했사옵니다."

같은 요리법도 청안이 만들면 늘 생각지도 못한 맛이 나온다. 나는 청안에게 몸을 기댄다.

"함께 있어 줘서 고마워."

청안이 얼굴을 붉혔다.

"뭘요. 아가씨."

청안은 부끄러운지 인간형에서 조그마한 족제비 모습으로 변했다. 분명 내 안에서 마력이 빠져나가는 느낌이 드는 건 맞는데 변신 정도로는 빈혈은커녕 멀쩡하기만 하다. 아마 리버에게서 힘을 받았기 때문이리라.

"내 마력 빌려 쓰는 거 괜찮아? 흑마력이라던데."

청안이 말했다.

"솔직히 말하면 조금 불편한 것도 사실입니다. 아무래도 흑마력은 오래 품고 있으면 영혼이 오염되어 심성이 사악해지기 쉽다고 하지 않습니까. 그래도 변신하는 정도는 괜찮습니다. 이런 약간의 흑마력 정도는 제 능력으로 충분히 정화할 수 있으니까요."

그나마 다행이다. 나도 모르게 작게 안도의 한숨이 나왔다. 청안은 쑥스러움이 가셨는지 원래의 인간형으로 돌아왔다.

"그나저나 아가씨는 영향을 안 받나요? 흑마력을 사용하게 되면 본인도 심성이 바뀐다는데."

"아직까지는 전혀 모르겠어요."

리버가 지나가는 말로 정신력이 강할수록 영향을 덜 받는다고 했던 것 같긴 하다.

"뭐, 아가씨라면 괜찮겠죠. 아가씨는 칼을 휘두를지언정 칼에 휘둘리는 사람이 아니잖아요."

청안도 나를 믿어 주는 거구나. 기쁜 마음에 웃음이 나왔다.

"아가씨, 나가실 건가요?"

"응. 재료 좀 사야 해서, 엘의 가게로 가야 할 거 같아. 이번 무기는 특이한 재료가 많거든."

그렇게 옷장을 열었다.

8.

옷을 갈아입고는 우산을 챙겼다.

물빛 원피스에 검은 우산이다. 원피스는 청안이 직접 만들어 줬다. 비단을 이용해서 레이스 하나까지 섬세하게 만들었다.

대체 이 족제비가 못 하는 게 뭘까.

원피스 끈을 조이고는 굽이 있는 샌들을 신고 나갔다.

밖으로 나가자마자 빗방울이 우산 위를 굴렀다. 아무래도 비가 길어질 모양이다.

젖은 웅덩이를 폴짝 넘어 엘이 있는 곳까지 쭉 걸어갔다. 보통 이 정도 걸어가면 슬슬 넓적다리가 뻐근해질 만도 하건만 그리 힘들다는 생각이 들지 않았다.

'이것 역시 리버에게 영향을 받아서일까.'

그건 알 수 없었다. 다만 확실한 건 나는 이제 잘 지치지도 않고 상처도 금방 낫지만, 훗날 미치거나 영혼이 오염될 가능성이 있는 그런 상태라는 거다.

마침내 엘의 가게 앞에 도착했다. 우산을 털고 문을 열었다. 언제나 그렇듯 이놈의 가게는 늘 열려 있다.

주인 놈이 있나 싶어 머리를 빠끔 넣어보니 엘의 목소리가 들렸다. 누군가와 대화하는 중인 모양이다.

딸랑—

가게 종이 내가 왔음을 알린다. 그러나 목소리는 끊이지 않고 이어진다. 뭔가 대화에 몰두한 눈치다. 우산을 털어 구석에 세워놓고 2층인가 싶어 종종걸음으로 올라간다. 엘의 뒷모습이 보였다. 그리고 그 앞에는 내가 이 도시에서 가장 싫어하는 인간이 앉아 있었다.

'윽.'

그랬다. 세상에서 가장 불편한 인간 넘버원은 오랜만에 봤는데도 여전히 잘생기셨다.

그는 곧고 푸른 눈을 들어 나를 응시했다.

'무지카. 무지카 폰 마이어하트.'

그의 누나인 아리네스 마이어하트와는 정반대 성격을 가진 인간이다. 지난번 나를 감방에 처넣었던 게 아직도 선연하다. 저 인간이 대체 무슨 볼일이 있나 싶다. 저 사람은 두 번 다시 마주치고 싶지 않으니 그냥 다른 때에 다시 와야겠다.

그렇게 아래로 내려가는데 엘이 눈치도 없이 나를 부른다.

"아, 카이 양. 무슨 일로 오셨나요?"

무지카가 바라본다. 그의 서늘한 눈동자가 내 뺨을 긁고 지나간다. 나는 억지로 밝은 목소리를 낸다.

"아, 아니에요. 바쁘신 것 같은데 나중에 다시 오겠습니다."

"걱정 마세요. 하나도 안 바쁘답니다. 설마하니 이대로 돌아가시는 건 아니겠죠?"

이대로 돌아갈 거다, 망할 자식아.

어떻게든 좋게 좋게 도망갈 궁리를 하는데 엘이 먼저 선수를 친다.

"아, 그렇구나! 제가 눈치가 없었네요! 카이 양은 여기 이 무지카 경을 무지무지 싫어하죠?! 하긴 제가 하~나도 몰랐네요. 둘이 철천지원수지간이니까요."

이대로 돌아가면 분명히 동네방네 내가 적호 기사단장 무지카와 앙숙이라고 소문이라도 낼 기세다.

이 바닥 참 좁다. 무지카는 저래 보여도 이 도시에서 꽤 인망 있는 기사로 통한다. 그런 기사와 척을 졌다는 소문이라도 났다가는 가뜩이나 없는 손님, 더 떨어질 거다. 저 사람 추종자가 한둘이 아니니까. 내 안의 이성적 카이가 분노카이를 밀어뜨린다. 그러고는 내 머릿속 버튼을 누른다.

아마 그 버튼은 이런 이름일 거다.

'영업 스마일.'

나는 억지로 화사하게 웃었다.

"그게 무슨 소리십니까, 엘 님. 다만 저는 두 분이 바빠보여 자리를 뜨려는 생각이었어요. 호호호."

"오홋! 그렇군요. 제가 실수를 했네요. 지난번에 무지카 경이 카이 양을 철창에 집어넣었지 않습니까. 저는 그것 때문에 아직도 원한이 남아 있으리라 생각하고……. 제 실수였네요. 하긴 카이 양이 그렇게 옹. 졸. 하지는 않겠죠?"

"무슨, 제가 이래 봬도 지평선 가슴이라고 불리는걸요. 호호호!"

당연하지. 내가 여기서 개미 손톱만큼이라도 더 옹졸했다면 아마 엘, 저놈의 머리채부터 잡아 뜯었을 거다. 저 자식은 대체 내게 무슨 원한이 있어서 이런단 말인가.

엘이 말했다.

"그렇다면 차 한잔 정도는 거절하지 않겠죠?"

"바쁘실 텐데……."

부탁이다. 이렇게 빈다. 날 좀 제발 놔줘라.

"전혀 안 바빠요. 카이 양~!"

"그래도 저기 저 무지카 경께서 불편하실 텐데……."

나는 바통을 무지카에게 던졌다. 그래, 차라리 네놈이라도 거절해라. 좀!

무지카가 담담히 대답했다.

"딱히 불편하지 않다."

젠장, 결국 결정이 났다.

엘이 재미있다는 듯이 눈을 반짝반짝 빛낸다.

"그렇다면 제가 새 차를 내오도록 하죠. 무슨 차 좋아하세요?"

예전부터 느꼈지만 저 인간 분명히 내가 곤란해하는 걸 즐기고 있는 게 틀림없다. 극사디스트 같으니라고.

나는 작게 한숨을 쉬었다.

"찻주전자 주세요. 그냥 제가 끓일게요."

뭔가 만지작거릴 만한 게 있으면 이 어색한 게 없어지기라도 하겠지.

9.

찬장을 열어 차 통을 꺼낸다. 여전히 먼지를 차 뚜껑에 배양하고 있다. 그럼에도 안에 들어 있는 찻잎은 꽤나 상등품인 데다 보존 상태도 좋다.

나는 차 통 하나하나 냄새를 맡아 보며 못 끓여도 무난하게 맛 좋은 녀석을 찾아낸다. 선반 위쪽에는 사과 꿀 절임이 놓여 있다. 병 표면에 먼지가 얇아서 꺼내 보니 만든 지 얼마 안 된 물건이다.

아마 상가 쪽에서 받은 것 같다. 유리병 모양은 달라도 요 앞에 잼 가게가 열었는데, 거기서 나도 하나 받았거든.

청안이 매일 아침마다 끓여 주는 허니애플티만큼은 못해도 어설프게나마 따라 할 수는 있을 것 같다. 오히려 말린 사과보다 이쪽이 초보자가 하기 쉬울 거고.

물을 끓이는 동안 같이 먹을 쿠키를 수색했다. 이 사람은 뭐든 내팽개쳐 놔서 그렇지 대부분 비싸고 좋은 것들만 쌓아 놓는다.

쿠키도 그렇다. 하나는 완전히 곰팡이가 들어서 버렸고 두 번째는 종잇장 씹는 맛이 나서 버렸다. 남은 하나는 비교적 최근에 산 모양인데, 꽤 고급스러운 쿠키 통 안에 설탕 쿠키가 가득 들어 있었다.

'그러고 보니 이거 쿠키 통에 왕실 마크가 있네.'

알타미르 왕실 직속 납품 업체에서 받아온 모양이다. 그것도 이 정도 당도면 진짜 왕족 아니면 구하기 힘든 수준의 쿠키인데 말이지. 거기다가 상하는 것을 막기 위해서 쿠키 하나하나 전부 특수 처리한 종이로 밀봉해 놨는데 쿠키 값보다 포장 값이 더 들 것 같았다.

딱 봐도 꽤나 비싸 보인다.

'아, 몰라. 막 먹어.'

그 인간이 나한테 했던 짓들을 생각하면 쿠키 하나 적선 못 하겠냐. 왕실 납품 쿠키가 아니라 금가루 뿌린 쿠키를 먹어도 뭐라 못 할 거다. 아니, 그 전에 이대로 또 방치해 놓으면 십중팔구 썩어 없어질 거 이때 안 먹으면 언제 먹겠나.

'팍팍 덜어. 막 덜어.'

한 통 거의 전부 접시에 쓸어 담았다. 어차피 올라가면 무지카와 영원과도 같은 시간을 보내야 할 거다.

그 어색함을 덜려면 당분이 필요하다. 아주 많이.

다과 준비를 끝내고 계단을 올라갔다. 두 사람은 여전히 뭔가 심각한 대화 중이다. 아까와 다른 점은 내가 모르는 지방 언어라는 것. 나를 의식한 게 분명하다.

'그럴 거면 나중에 다시 온다고 했을 때 보내 주지.'

생각할수록 엘 녀석이 괘씸했다. 거기다가 내가 불편해할 걸 뻔히 알면서 거절하지 않은 무지카 놈도 괘씸하고.

일부러 들으라는 듯 큰 소리로 쟁반을 내려놨다. 둘은 그제야 대화를 멈췄다. 소파의 위치를 보니 빈자리라고는 엘의 옆자리, 무지카의 대각선 방향뿐이다. 의자를 새로 끌고 오기도 이상해 보인다.

'차라리 칼 만드는 게 쉽지.'

일보다 어려운 게 바로 인간관계다.

가게 하나만 세워도 상가 사람들끼리 텃세가 심해 신참은 파고들기가 어렵다. 그런 의미에서 엘 놈은 미우나 고우나 계속 함께할 수밖에 없는 사이. 이 녀석은 평판은 개판이지만 이쪽 상가에서 꽤나 오래 자리 잡아온 대선배로, 어지간한 고액 물건은 대부분 엘을 거쳐 간다.

'후우, 매번 호랑이 등을 타는 기분이 들어서야.'

아름다운 것만 취급하며, 그 기준은 지극히 주관적. 취급하는 물건은 최고급 귀금속부터 장인이 만든 빗자루나 최상급 품질의 마정석류까지.

여자가 검을 만드는 것 자체가 종교적, 관습적, 사회적으로 장벽인데 인맥도 달빛 모루족 하나, 인간도 아니고 신수인맥 하나 달랑 뚫어 놓고 무작정 쳐들어온 것 자체가 가게 망하자는 이야기다.

'한쪽은 거래처, 다른 한쪽은 이 도시를 움직이는 기사단장이자 실질적 세력가.'

최대한 밝고 화사하게 웃어 보였다. 그런 내 웃음을 보고 무지카가 품평했다.

"무슨 인형 같군."

그 말에 손등에 힘줄이 울컥 돋아났다. 조금이라도 방심했다면 찻주전자를 깨 버렸을 거다. 지금의 나는 반쯤은 인간이 아닌 상태라 힘 조절이 어렵다.

엘이 고양이처럼 웃었다.

"냐하하, 미인에게 하는 칭찬치고는 독특하네요. 무지카

씨, 그때에 대한 사과의 의미로 하는 칭찬인가용?"

그의 대답을 기다리며 마음속으로 양을 한 마리, 두 마리 새며 잠자코 차를 따른다.

허니애플티가 찻잔으로 쏟아지며 금빛 향을 만들었다. 지금의 나는 완벽한 요조숙녀다. 청안이 만들어준 원피스부터 예쁜 샌들, 화장도 조금 했다. 거기다가 어릴 때부터 억지로 배운 귀족의 예법까지 완벽하게 따랐다. 동화 속 백조 왕자님이 날아와도 이보다 청초하지는 않을 거다.

찻잔 세 개를 완벽하게 따라내고는 하나씩 건넸다. 우선 거래처이자 가게 주인인 엘에게, 그리고 망할 놈의 무지카에게.

"아직 차가 뜨겁습니다. 천천히 드시길."

어떠냐, 이 자식아!

니가 예전에 시골여자에 경박하다고 했던 그년이 바로 나다! 어디 한번 그딴 소리 다시 해 보시지?

내 안의 작은 카이가 사자처럼 포효했다. 그런 우아한 나를 보며 무지카가 대답했다.

"그렇게 꾸미고 나니……."

응응, 그래. 어서 내게 칭찬의 샤워를 퍼부어 봐. 무지카가 말을 이었다.

"……더 촌티 나는데?"

그 순간, 내 악력을 이기지 못하고 찻주전자가 와장창 깨졌다. 엘이 곡소리를 냈다.

"꺄아아악! 300년 된 동대륙산 찻잔이! 이게 무슨 짓입니까아아! 카이 야앙—!"

그 귀하고 비싼 찻잔에 먼지로 지층을 쌓던 놈이 누군데.

그러나 현실은 냉혹하다. 나는 손해 배상만은 요구하지 말아 달라는 마음으로 다기를 같이 치워야만 했다. 무지카는 그런 나를 보며 피식 비웃었다.

10.

이젠 됐어. 빌어먹을, 그 인간과는 이제는 돌아올 수 없는 강을 건넜다. 나는 할 도리를 다 했다. 엘은 다행히도 내게 찻잔 값을 청구하지는 않았고—그가 나한테 저질렀던 것을 생각하면 당연한 일이지만—내가 알아들을 수 없는 언어로 무지카와 십여 분을 더 대화했다. 나는 꿔다 놓은 보릿자루처럼 엘의 과자나 열심히 축내고 둘의 대화가 끝날 때까지 기다려야 했다.

대화가 다 끝나자 무지카가 자리를 털고 일어났다. 그리고는 뭔가 생각났는지 내게 말을 건넸다.

"어이, 촌년."

"자꾸 촌년이라고 하지 마십시오. 듣는 촌년 기분 나쁩니다."

그가 턱을 긁적이더니 이윽고 말을 뱉었다.

"그러면 유부녀?"

"아, 진짜! 결혼 안 할 거라니까요!"

내가 지금 무슨 심정으로 파혼검 제작 중인지 알고는 있냐! 이 높으신 나리님아!

내 분노가 그는 뭐가 그리 재미있는지 한참을 웃는다. 저놈이 이 도시를 책임지는 높으신 기사단장 나으리만 아니었다면 이성 놓고 주먹부터 날렸을 거다. 그가 말했다.

"그래. 촌년, 열심히 칼 만들어서 파혼 꼭 성사시키라고."

"사람 자꾸 촌년 만드시는데… 듣는 촌년 진짜……."

그가 내 말을 끊고 품에서 뭔가 건넨다. 붉은색 고급스러운 봉투에 마이어하트 가문 인장이 찍혀 있다.

색이 들어간 종이는 비싼데, 거기다 촉감도 남다른 걸 보니 종이에 비단 같은 걸 섞어서 만든 것 같다.

"이게 뭐죠?"

내 질문에 그가 답했다.

"내 생일 파티 열리거든. 아무래도 유희 거리가 없어서 말이야. 너 같은 촌년 정도면 그럭저럭 이야깃거리는 될 거

같거든."

뭐, 임마?

울컥 열이 뻗친다. 나는 놈을 향해 성큼성큼 다가간다.
엘이 그런 나를 붙잡는다.

"어이쿠, 카이 양! 진정, 진정!"

"놔, 놔요!"

"마이어하트 가문의 생일 연회가 얼마나 들어가기 힘든
곳인 줄 아십니까? 이 도시의 모든 VIP만 모이는 곳이라고
요! 카이 양 같은 신참에게는 더 없을 기회라고요! 납품처
인맥이라도 쌓아야죠!"

"인맥은 무슨 개뿔!"

놔, 놔! 안 그러면 엘, 너두 죽을 줄 알아!

그 순간 엘이 스스로 알겠다는 듯 내 손을 놓았다.

"아, 그렇군요. 카이 양은 평생 제게 의지하겠다는 거군
요. 괜찮아요. 그러면 독자적인 루트 따위 필요 없겠죠. 저
와 이 세상 끝날 때까지 영원히 함께 거래해요. 카이 양♥"

그 말을 듣는 순간, 무지카 뒤로 현실이 파도처럼 몰아쳤
다.

'아아, 앞은 사자고, 뒤는 늑대로다.'

나는 끝내 무지카의 면전에 그 초대장을 차마 던지지 못
했다. 무지카 놈에게 통쾌하게 복수를 하고 싶다는 욕망보

다, 엘 이 새끼랑 앞으로 내 대장간 인생 내내 지긋지긋하게 묶여 있을 걸 생각하니 그거야말로 사람 못 할 짓이라는 걸 깨달았기 때문이다.

"그래. 그까짓 초대장 받아들이죠. 사교계의 스타가 돼서 엘, 댁이랑은 거래 다 끊어 버릴 겁니다!"

그랬다. 보통 레이디라면 도시 제일의 신사가 주는 초대장에 '어머나!' 얼굴을 붉힐 만도 하건만 어쩐지 내 목소리에서는 영웅소설에 나올 법한 웅장한 기개가 느껴졌다.

내 뒤로 파도가 철썩 휘몰아쳐도 전혀 이상하지 않을 정도.

그러고는 그런 내 앞에 무지카가 악당처럼 앞머리를 쓸어 올렸다.

"크크크. 촌년, 뭔가 착각한 모양인데 너는 그래 봤자 내 무도회의 심심풀이 땅콩밖에 안 돼. 사교계의 스타 따위 아무나 되는 건 줄 아나?"

그리고 무지카가 악당이라면 엘은 아마 악당의 똘마니 2, 뭐 이런 포지션일 거다.

"너무해요, 카이 양. 저와의 인연을 끊고 감히 다른 거래처를 찾아 나서다니요. 제가 그렇게 둘 것 같나요? 카이, 이 무서운 아이 같으니라고! 요~호호호호!"

…정정하겠다. 며느리를 생지옥에 빠뜨린 독기 10단의

시어머니 포지션이다.

나는 두 악의 제국에 대고 선포했다. 나 카이 알테리온, 한다면 하는 여자. 사교계에 출사표를 던져 주겠다고!

11.

…라고 선포했지만 일단 거래부터.

무지카가 가게를 나간 후에 우선 리버에게 받은 지팡이 재료 목록을 건네주었다. 꽤 다양한 재료가 적혀 있는데 엘은 주판도 두드리지 않고 계산해낸다.

"웬 지팡이에요? 돈 많은 흑마법사 손님이라도 받으신 겁니까요?"

과연 목록만 보고도 한 방에 뭘 만들지, 어떤 손님이 사용할 건지도 파악해내고 말이지. 헐렁하게 일하는 것처럼 보여도 이런 부분은 꽤나 날카롭다. 그가 나를 뒤에서 끌어안는다. 나는 반사적으로 엎어치기를 시도한다. 그의 몸이 한 번 붕 뜨더니 뒤로 넘어가기 직전 나를 붙잡아 도로 엎어친다.

빗당겨치기를 쳐내고는 곧바로 몸을 틀어 등배지기로 받아치는 꽤 고급 기술인데 센스가 좋다. 내 등이 소파에 쿵 넘어간다.

그리고 팔 하나를 사이에 두고 그가 내 위에 올라타 있다.

'아아, 이래서 거래를 빨리 끊으려고 하는 거야.'

이 도시 최고의 호색한을 거래처로 삼고 있으니 이만저만 스트레스가 장난이 아니다. 여차하면 지난번처럼 무릎으로 사타구니를 가격하는 방법도 있다.

이 인간 껄떡거리는 거 몇 번 겪어 보니 지난번처럼 그렇게 당황스럽지는 않다.

그와 나 사이에 로맨틱한 기운이라고는 하나도 흐르지 않자 엘은 좀 당황한 모양이다.

"어째 반응이……."

"키스하면 차 버릴 겁니다. 당신의 소중한 구슬 두 짝을요."

무뚝뚝한 내 목소리에 그가 한참을 웃었다. 그의 숨결이 은빛 머리칼을 타고 뺨을 간질였다. 그러나 시선을 돌리고 싶지는 않았다. 여기서 눈을 돌렸다가는 이다음이 어떤 전개가 될지 불 보듯 뻔하니까.

"정말 어려운 여자라니까."

알고 있다. 그는 꽤 매력적이라는 걸. 그것도 그냥 매력이 아니다. 일급 파티쉐가 만든 초콜릿 무스 같은 종류의 매력이다. 달콤하고 뒷맛은 쓰다. 그럼에도 불구하고 평범한 놈팽이들에게는 없는 특유의 품위가 있었다.

이대로 그에게 키스하는 것도 나쁘진 않은 선택일지도 모른다. 우리 관계가 조금 더 가까워지고, 어쩌면 좀 더 물건 값을 깎아줄지도 모르지. 허나 한 번 넘은 선은 두 번도 넘을 수 있고 세 번도 넘을 수 있다.

여기서 마음의 빗장을 조금이라도 더 풀었다가는 나 자신도 어떻게 될지 모른다. 그도 그럴게 나는 단 한 번도, 누군가를 진심으로 사랑해 본 적이 없었으니까.

남녀의 사랑이란 것 자체가 남의 이야기였으니까.

그는 손을 들어 내 뺨을 쓸었다. 보통 사람보다는 낮은 체온이었다. 비가 내려서 차가운 걸지도 모르겠다. 물고기, 그것도 심해에 사는 거대물고기 비늘이 이런 종류의 감촉이지 않을까.

표류자를 물어 바다 깊숙이 끌어당기는 그런 종류들.

그는 속눈썹을 내리깔고 가만히 생각에 잠긴다. 이윽고 그의 입술에서 나온 건 의외의 단어였다.

"계약은 언제?"

앞뒤는 전부 자른 질문이다. '거래에 관한 건가…….' 하고 잠깐 생각하다가 그게 아니라는 걸 깨달았다.

"주전자를 맨손으로 깬 거 보고 알아차린 겁니까?"

내 질문에 그가 소소히 웃는다.

"제 도시에 이물질 하나가 들어온 건 알고 있었습니다. 카이 양도 평소와 다르다는 건 느꼈는데 말이죠. 그게 어떤 방식으로 이뤄졌는지는 모르겠습니다."

그 이물질이라는 게 아크 리치이자 흑마법 하나만으로 자칭 신에 가까운 자리까지 올랐다는 그 리버를 말하는 거라는 걸 어렵지 않게 깨달을 수 있었다. 그의 손가락이 관자놀이를 타고 내 뺨에서 눈가로 올라간다. 이윽고 내 눈썹을 쓸었다. 나는 그에게 눈도 하나 깜빡이지 않고 대답했다.

"잘은 모르겠지만 목숨 하나를 절반으로 나눠 가졌다더군요. 제가 죽으면 그가 죽고, 그가 죽으면 제가 죽는 그런 성질의 계약이라던데 잘 모르겠습니다."

"바보같이. 왜 그런 상자를 굳이 열어 가지곤……."

그가 혀를 찼다. 애 취급에 살짝 이마를 찌푸린다. 그의 손이 내 눈썹 올라가는 것까지 따라 그린다.

"아카넬이 왜 안 죽었는지 알 것 같네요."

그 말에 나는 돌발적으로 내뱉는다.

"당신은요?"

의외의 질문에 그의 눈이 살짝 흔들린다. 이윽고 대답했다.

"저는 어떻게 할 거 같은가요, 카이 양. 만약 그 이물질이 내 도시를 어지럽힌다면?"

그는 오히려 내게 질문을 던진다. 생각해 보면 그의 말투는 뭔가 이상하다. 우리 도시면 모를까 '내 도시'라니. 되짚고 나니 입 안이 까끌하다.

선택의 시간은 길지 않았다.

"아마 죽이지 않을까요? 리버를 죽이고, 나도 죽고, 아카넬 대공과는 싸우고."

"옛날에는 그랬지만… 음… 지금은 귀찮아요. 그런 방법은… 거기다가 아카넬에게 싸움 걸 정도로 저 그렇게 간 큰 사람 아닙니다."

겸손도 지나치시다. 그런 사람이 아카넬을 도발해서 배에 칼빵 맞았냐.

그의 입술이 내 얼굴에 다가온다. 경고대로 사타구니라도 차 줄까 했는데 방향이 이상했다.

그는 내 한쪽 눈에 입술을 맞춘다.

눈꺼풀을 투과해서 뭔가가 내 망막 안으로 스며드는 게 느껴진다. 마치 안약이라도 떨어뜨린 것처럼.

그가 슬프게 웃었다.

"너무 어둠에 물들지 말아요. 카이 양은 모처럼 마음에 든 내 장난감이니까요."

그는 그제야 자세를 풀었다.

나는 몸을 일으키며 눈가를 쓸었다. 거울에 비친 내 눈은 전과 똑같이 멀쩡했다. 뭔가 들어온 느낌이 든 건 내 착각일까? 잘 모르겠다.

그는 양피지에 명세표를 적었고, 예상대로 어마무시한 가격이었다만…… 리버에게 청구하기로 했다.

창밖의 비는 이 세상 모든 더러운 것들을 쓸고 내려갔다.

그러나 내 마음속에 박힌 그 찻주전자 파편만은 차마 쓸어내리지 못하고 있었다.

12.

물건은 이틀 후에 보내주겠다고 했다. 재료 중에는 시서 펜트의 뼈라든가 굉장히 구하기 힘든 재료들도 들어 있었는데 고작 이틀이라니. 확실히 엘은 유능하다. 문득 그의 입술이 닿았던 눈가를 만져 보다 화들짝 놀랐다.

'아냐, 아냐! 이번에야말로 거래를 끊어야 해!'

그 인간이 얼마나 위험한 인간인지 바로 얼마 전에 경험하지 않았던가.

느슨해지는 건 금물이다. 제대로 된 거래처를 뚫어 놓지 않으면 계속 저 망나니와 엮여야만 할 거고 그게 어떤 결과를 부를지는 뻔했다.

　'사교계의 스타라.'

　시골 영지이긴 해도 사교계의 예법에 대해서 배워 두긴 했다. 그러나 춤과 드레스가 문제다. 마이어하트 가문 차대 가주의 생일 연회다. 괜찮다 싶은 곳은 이미 예약이 가득 차 있을 거다.

　'그 전에 돈이 없다고, 돈이.'

　간단한 원피스 정도라면 청안에게 부탁할 수 있다. 하지만 드레스는 다르다. 원단은 둘째 치고 드레스 안에 넣을 골조나 레이스 한 땀 한 땀, 그냥 만들어지는 게 없다. 안에 넣는 속치마도 겹겹이 쌓을 수 있게 전부 바느질해 둬야 하고, 자수도 놔야 한다. 일반 여성이 혼자 만들기 시작하면 날을 새도 한 달 꼬박 걸린다. 절대로 혼자서 못 만든다. 결국 가게에 의뢰를 해야 하는데 어딜 가나 돈이 문제다.

　'엘은 도와주지 않는다고 했어.'

　그놈 자식, 처음에는 뜯어말리더니 내가 '거래처 갈아 치워 주마.'라고 선포하니 바로 돌아서는 거 봐라. 변덕 하나는 죽 끓듯 해요, 아주 그냥.

　'그 다음은 사교댄스인가?'

　사교예법이야 다시 숙녀록 읽으면서 되돌린다손 쳐도 춤이 문제다. 어릴 때 잠깐 배우고는 춤춘 적이 전혀 없다.

'이건 오빠에게 부탁하면 될까?'

카녹 오빠라면 잘 알고 있을 것 같다. 사교계 진출은 전혀 하고 싶지 않았던 나에 비해서 오빠는 아버지를 대신해 자주 불려갔다. 우리 가문이 시골집이라고 빈정거리는 귀족들도 있지만 이런 시대라면 이야기가 달라진다.

우리 가문은 검의 주인, 마나블레이드라고 불리는 기술인 검기(劍氣)를 자유롭게 다룰 수 있는 소드마스터를 매 대마다 배출해 왔다. 심장에 쌓은 마력을 의지대로 칼에 담을 수 있게 되면 고작 나뭇가지 하나로 바위를 부술 수 있게 된다. 카녹은 그게 가능하다.

'물론 나도 가능했지.'

대공과의 내기 때문에 결국 칼을 봉인해야 했지만.

카녹이라면 소드마스터급은 충분히 되지 않을까… 짐작한다. 이게 확신이 아니라 짐작인 것이, 카녹은 언제나 내 앞에서는 자기 실력을 숨겨 왔기 때문이다. 제대로 대련을 해 준 적이 없다.

덕분에 그가 얼마나 강한지는 아버지 말고는 잘 모른다.

차라리 입이라도 가벼웠으면 어디 사교계에서 '난 무슨 무슨 실력자요!' 하고 소문이라도 낼 텐데, 카녹 성격에 '저놈이 날 얼마나 무시하든, 날 얼마나 촌뜨기라고 여기든 에라이, 상관없다. 나는 내 갈 길 가겠다.' 하겠지.

생각을 마치고는 침대에 풀썩 누웠다. 빗줄기가 많이 가라앉았다. 내일이면 하늘도 깨끗해지리라.

'어릴 때는 내가 늘 카녹을……'

이겼다. 그때는 여성으로서 성징이 나오기 전이었고 카녹은 자기가 때리면 내가 아프지 않느냐면서 울곤 했다. 나는 그런 카녹의 머리에 사정없이 목검을 후려쳤다.

참으로 피도 눈물도 없는 냉혹한 어린이였다. 카녹은 그래도 나한테 계속 머리를 얻어맞았는데, 나중에는 엄마가 장남 머리 나빠지게 이게 무슨 짓이냐고 기함했다. 나는 엄마가 장남만 생각하지 장녀의 승리는 신경을 안 쓰는 거 같아서 더 화가 났다. 그래서 엄마 몰래 카녹의 머리를 더 열심히 때렸다.

'이야아, 그때 잘못 때렸다가 진짜로 머리 나빠졌으면 어쩌라고 나란 애는……'

그리고 아이는 소년이 되고, 소녀가 되었다. 소년은 아버지에게 구타와 대련의 차이를 배우게 되고 그제야 나를 향해 목검을 겨누게 되었다.

'그때부터였나? 카녹이 진지하게 칼을 배우기 시작한 게.'

지금 생각하면 센스는 내 쪽이 더 좋았다. 그러나 검기를 운용하는 부분에 있어서는 카녹이 더 좋았다. 체내에 축적한 마력량도 더 많았고.

'그래도 물렀지. 물렀어.'

날 향한 검 끝이 늘 둔했다. 내게 차마 최후의 일격을 날리지 못하고 언제나 내 반격에 엎어졌다. 그리고 넘어지는 순간 내가 올라타서 두들겨 패면 또 그걸 그대로 맞는 일이 허다했다.

'아버지가 경악했지. 내 딸이지만 독사라고.'

생각하면 생각할수록 내 어릴 때 과거가 점점 더 무시무시해졌다. 그때는 그랬다. 카녹은 뭐랄까, 내 부하 같은 존재였다. 둘이서 영웅 놀이를 하면 카녹이 언제나 부하를 자처했다. 나는 마왕 역할로 산에 있는 늑대를 임명해서 목검하나 들고 둘이서 쥐어 패기도 했고, 가끔 오크를 만나면 그걸 또 토벌 삼아 죽어라고 팼다.

엄마에게는 사슴이나 멧돼지, 가끔은 반쯤 죽은 오크를 질질 끌고 와서 보여 줬다. 슬슬 엄마도 이쯤 되니 자기 딸이 뭔가 자기가 생각한 방향과는 다르게 크고 있다는 걸 깨달았다.

내 이빨이 다 빠지고 이제 영구치가 돋아났을 즈음, 엄마는 내게 드레스를 입혔다. 갑갑했고 도망치고 싶었다.

카녹은 더 이상 나와 같지 않았다. 그리고 그때부터 검은 모두 금지당하고 예법이니 자수니 뜨개질이니 하는 것만 익혀야만 했다. 대장간에 대해 알게 된 것도 그쯤이다.

유일한 도피처가 칼을 만드는 거였다. 카녹은 그런 나를 완전히 이해해 주진 못했지만 그래도 늘 도와주었다. 일부러 칼을 부러뜨리고 내게 대장간 심부름을 시켰다.

그런 날은 내 인생 최고의 날이었다.

달밤이면 엄마 몰래 둘이 빠져나갔다. 그리고 심심풀이 대련 삼아 몸을 풀었다.

어릴 때는 한 몸처럼 서로를 알고 있는데 대련으로 한 번씩 부딪칠 때마다 내가 그동안 카녹에 대해 몰랐던 것들이 하나둘 떠오른다. 카녹은 강해졌다. 이대로라면 전성기 때 아버지의 실력까지 금방 뛰어 올라갈 거다.

'지금은 얼마나 강해졌을까.'

그때의 카녹을 되짚어보면 커다란 대야가 생각난다. 술잔보다 늦게 차고 꽃병보다도 늦게 차오르지만, 완전히 다 차오르면 누구보다 많은 물을 담을 수 있는 그런 그릇.

동대륙의 청화같이 하얗고 반질반질한 그런 그릇. 수없이 부서지지만 그럼에도 불구하고 점점 더 커지고 단단해지는 그런 그릇 말이다.

나는 대장장이의 길을 완전히 선택한 이후, 더 이상 카녹에 대해 생각하지 않게 되었다.

'질투? 맞아. 열등감 같은 게 조금 있었을지도 몰라. 그래서 어릴 때 더 사납게 굴었는지도…….'

정작 카녹은 나에게 그런 건 전혀 갖고 있지 않은 모양이지만.

고양이 한 마리가 창가 위로 톡 올라온다.

여기는 2층인데 어떻게 올라왔을까? 나무라도 타고 올라온 건가?

눈이 크고 몸 전부가 새카만 고양이다. 고양이는 영민하게도 네 발 모두 안정적으로 창틀에 고정시키고는 앞발을 이용해 잠금쇠를 풀어 창문을 열고 들어오는 게 아닌가.

"어?"

고양이가 안에 들어오자마자 새카만 연기가 되어 흩어진다. 그러고는 그 연기가 다시 뭉친다.

"리버죠?"

"응, 잘 아네. 누나."

"멀쩡한 대문 놔두고 왜요."

"그 불 족제비, 죽어도 집에 안 들여보내주더라고."

아아, 청안이랑 사이 나쁘지. 그런 일이 있으니 안 들여보내 줄 만도 하다. 나도 이 사람이 그리 달갑지 않고. 일단 엘에게서 받은 청구서를 들이밀었다.

"재료값은 좀 들었어요. 확인해 봐요."

리버는 명세서를 읽으며 손톱을 씹는다.

"응. 이 정도는 충분히 지불할 수 있어. 그나저나 엘이라고 했지? 누나는 왜 '그런 것'과 친하게 지내는 거야? 인간이 아니란 건 알고 있어?"

"그런 것쯤 대충은 알고 있고 친하게 지낼 생각 없습니다. 그런데 엘 씨도 당신을 알고 있던데요."

"그런 존재는 자기 영역에 나 같은 게 들어오는 거 엄청 민감하거든."

손톱이 부러지며 까득 소리를 낸다. 정작 리버는 별로 아프지 않은 모양이다.

"어떤 존재인데요?"

내 질문에 리버는 그것도 몰랐냐는 듯 눈을 동그랗게 뜬다. 그러고는 이 소년의 눈동자가 왼쪽에서 아래로, 다시 오른쪽으로 가라앉았다.

"그냥 그런 게 있어."

"아카넬과 비슷한, 무슨 뭐 고귀한 존재 같은 건가요?"

내 질문에 리버가 한참을 웃었다.

"아냐아냐. 어떤 의미로는 불쌍한 존재지. 그래서 내가 안 마주치려고 그렇게 기를 쓰고 피해 다니고 있지만."

"왜요?"

"그런 것들은 잃을 게 없기에 더 무섭거든."

"……."

문득 엘의 슬픈 미소가 떠올랐다. 쉽게 어둠에 물들지 말라고 했다.

'카이 양은 모처럼 마음에 든 내 장난감이니까
요.'

그 생각을 하자마자 얼굴이 붉어졌다. 장난감이라고 했
다. 어떤 남자도 자기가 연모하는 여자에게 그런 단어를 쓰
지 않는다. 아마 남녀 간의 그런 고백은 아니리라. 그렇게
열심히 그의 말을 부정하고 또 부정해 보지만 자꾸만 얼굴
이 시뻘게진다.

리버가 씨익 웃었다.

"해에, 그런 말도 했다고?"

"방금 제 생각 또 읽은 거죠!?"

아이고, 미치겠네. 나는 필사적으로 그때의 생각을 지우
기 위해 열심히 도리질 친다. 리버가 말했다.

"생각은 무슨, 이 집에 왔을 때부터 전부 읽고 있었는걸."

"어, 어디부터요?"

"누나가 사교계의 스타니 드레스가 필요하니, 카녹에게
미안하니 하는 생각할 때부터?"

아, 미치겠다.

리버가 내 표정을 보고 즐겁다는 듯이 키득거린다.

"드레스는 내가 준비해 줄게. 그 형아 생각해 보니 누나에게 꽤 위험한 것 같아."

"그쪽은 댁이 위험하다던데요?"

내 직구에 리버가 대답했다.

"관점의 차이지, 뭐. 아무튼 드레스 기대해. 이건 내 선물이니까 그냥 받아들여."

그런 거 안 받는다고 허세를 떨기에는 수중에 당장 갖고 있는 돈도 없다.

"좋은 지팡이로 갚을게요."

"응! 그거면 돼."

꼬맹이는 그 말을 끝으로 다시 고양이로 변해 창문을 폴짝 넘어간다.

'고대 아크 리치가 주는 드레스라니, 악마에게 선물받는 기분인데?'

대체 무슨 옷을 입고 무도회장에 가게 되려나.

Chapter 3
사교계의 슈팅스타

1.

카녹 오빠에게 사정 설명을 하니 흔쾌히 승낙해 줬다.

마침 카녹 오빠도 본인이 지낼 저택을 마련하기도 했고.

주소를 받아서 집을 찾아가니, 생각보다 꽤 큰 저택이 모습을 드러냈다. 2층 집에 정원도 멋들어져 있고 가솔도 몇 명 고용했는지 관리도 잘되어 있었다.

시종이 날 보고 환하게 웃었다.

"아가씨!"

저택에서 자주 봤던 사람이다. 이름이 렘 브리츠던가?

어릴 때부터 집사장이 직접 거둬서 차기 집사로 임명할 생각으로 글자도 가르치고 예법도 가르쳤다.

이곳에서는 본인이 집사 역할을 하고 있는 모양이다. 몸가짐이 흐트러졌다는 걸 본인도 깨달았는지 헛기침을 하더니 절도 있게 말했다.

"들어오시죠, 아가씨. 도련님께서 기다리고 계십니다."

"여기 와서 승진해도 렘은 변한 게 없네?"

짓궂은 질문에 얼굴을 붉힌다. 역시나 집사치고는 아직 너무 어리다. 거기다가 이 도시 사람들은 다들 깍쟁이라 괜히 얕보이는 건 아닐지 모르겠다. 그래도 우리 가문 사람답게 어디 가서 맞고 다닐 일은 없을 거다. 검 실력 하나만은 모두 일류거든.

'그런 사람들이 대체 왜 어디 기사나 용병 안 하고 이런 곳에서 집사나 하고 있는지 원.'

옛날부터 느꼈지만 늘 미스터리다.

우리 집은 돈도 별로 없는데 말이다.

들어오라는 오빠의 말에 문을 열고 안으로 들어가니 서류가 수북하게 쌓여 있었다. 그러고 보니 오빠는 아빠가 없어진 이후로 줄곧 영주 대리였다. 어머니가 일을 거든다고는 해도 영주 대리밖에 할 수 없는 일이 있다.

'그래도 보통 이렇게 일이 많지는 않았는데.'

그 인구도 얼마 없는 영지에 일이 생기면 뭐가 생긴단 말인가. 남들 영지전 실컷 할 때 먹을 것도 없는 우리 영지는 아무도 손 안 대고 살더라. 물론 역대 소드마스터를 줄줄이 배출해 낸 집안이라 건드리기 저어하는 탓도 있지만.

"오빠, 뭐해?"

"아, 급한 일이 와서……. 오늘 안에 몇 개 결재하고 영지로 보내면 돼."

오빠가 머리를 긁적이려다가 팔꿈치로 서류 더미를 쳤다. 서류가 후두둑 쏟아진다. 당황하는 오빠를 도로 앉히고는 차분히 서류를 주워 준다.

문득 서류 중에 딱 하나 이질적인 게 들어 있었다.

"우리 영지 광산 있어? 왜 광산에 대한 이야기가 쓰여 있지?"

내 질문에 오빠의 표정이 뜨끔하다. 망설이는 오빠를 향해 내가 선수를 친다.

"말 안 하면 그냥 이대로 서류 하나하나 다 읽고."

오빠가 한숨을 포옥 쉰다. 오빠의 숨결에서 왠지 감귤향이 났다.

"내가 누굴 속이겠냐. 이번에 광맥이 발견됐어."

"무슨 광맥?"

"은. 매장량이 꽤 된다나 봐. 어머니가 너한테는 말하지 말래. 분명히……."

"…사고 친다고?"

"그래."

참 너무하다. 대체 딸을 뭐로 보고 있는 걸까, 우리 어머니는. 나는 살짝 뺨을 부풀렸다.

"내가 직접 가 보면 쉬울 텐데. 내 능력 알잖아."

"알아. 우리 어머니도 대충은 아셔. 그래서 더 꺼려지시는 거지."

"평범한 여자에서 더 멀어질까 봐?"

"그래. 네가 대장간 한다는 건 어떤 사람들 눈에는 술 먹고 담배 피는 것과 똑같이 보일 거다."

"오빠 눈에는?"

오빠의 눈가가 연꽃잎 모양을 그린다.

"내 동생이지."

"그거면 돼. 그래서 우리 영지 좀 나아졌구나?"

"응. 은광은 꽤 짭짤하잖아. 무기 만드는 데도 쓰고."

은은 마물을 물리치는 힘이 있다. 단순히 귀족가에서 식기를 만드는 데 쓰는 것뿐만 아니라 신전 제사 도구나 신전 기사단의 무구에도 많이 쓰인다.

거기다가 은광에는 그보다 더한 메리트가 있다.

"은광이 있다는 건 별빛 은철이 나올 수도 있다는 거잖아?"

별빛 은철은 마법을 증폭시켜 주고, 사용자를 지키는 희귀 금속이다. 같은 부피의 철보다 가볍고 단단하다. 마법 무구에 반드시 쓰이는데, 별빛 은철은 보통 은광을 파다 보면 희귀하게 나오기도 한다.

"그렇지 않아도 조사 중이야. 나오면 대박인 거고."

"하아. 역시 내가 가 봐야 하는 건데."

"절대 안 돼. 어머니 성격 알면서 왜 그래? 거기다가 너 없어도 잘 돌아가. 전문가를 무시하지 마. 넌 이 일 모르는 거다. 알았지?"

입이 쓰다. 오빠의 턱 선이 빛을 받아 곧게 빛난다. 세상에서 가장 많이 싸웠지만 그렇기에 그만큼 의지할 수 있는 단 한 사람.

"알았어. 그러면 춤 가르쳐줄 거지?"

"당연하지. 내 동생 사교계 첫 출전인데 당연히 도와야지."

"출전이라니, 누가 보면 전쟁 나가는 줄 알겠다."

"그러면 전쟁이지. 아닐 것 같아?"

오빠는 몸을 일으켜 내 앞에 섰다. 그 사이에 키가 또 컸나? 머리 하나는 더 크다. 분명 한 배에서 태어난 쌍둥이였는데 어떻게 이렇게 달라진 걸까.

나는 살짝 뺨을 부풀린다.

'나도 남자였다면, 여자의 보드라운 살 대신 단단한 근육을 얻었다면.'

힘이 더 세졌다면, 어깨가 딱 부러졌다면, 그리고 누구든 내려다볼 수 있게 키가 컸다면.

'내 인생은 뭔가 달라졌을까?'

아마 많은 게 달라졌으리라. 많은 게 허락되었으리라. 빛의 신이 정한 율법에 위배되지도 않고 어머니와 싸울 일도 없었으리라.

'그래도 대장간은 허락 안 하시려나.'

천한 일을 한다고 생각하시기야 했겠지만 지금만큼 반대하지는 않으셨을 거다.

오빠가 내게 손을 뻗는다. 어린아이 때가 생각났다. 나는 오빠의 손에 내 손을 겹친다. 크고 단단한 손이다. 그동안 검술 수련을 게을리 하지 않았는지 굳은살이 더 많아졌다.

우리는 그대로 옆 방 응접실로 향했다. 오빠는 난생처음 보는 물건의 버튼을 눌렀다. 신기하게도 음악이 나왔다.

"이게 뭐야?"

"축음기야. 마력을 저장해서 움직이는데 여기 있는 까만 판에 있는 미세한 홈을 따라서 음악을…… 음, 그냥 요즘 귀족들 사이에서 성행하는 물건이라고 해두자."

우리 오빠 도시 사람 다 됐다. 하긴, 나는 아직도 촌닭이랄까, 촌 냄새를 못 벗어났다던데 오빠는 그런 티가 전혀 나지 않았다. 누가 봐도 이 일대에서 위에 군림하는 노블레스로 보인다.

'나도 곧 저런 귀티가 날까?'

오빠가 기본자세를 잡는다.

"처음 스텝은 기억해?"

나는 어색하게 오빠의 어깨에 한쪽 팔을 두르고 다른 쪽 손으로 오빠의 손에 내 손을 겹친다. 아무리 봐도 이건 나무토막 그 이상도 그 이하도 아니다.

오빠는 낮게 음악에 맞춰 허밍한다.

오빠의 단단한 팔이 내 허리를 감고는 한 발 디딘다. 나는 어설프게 오빠의 스텝에 맞춰서 한 걸음 뒤로 디딘다.

"이미 배웠던 거 복습하는 거니까 금방 몸이 기억할 거야."

"나, 발 밟을 것 같은데."

"밟으면 뭐 어때. 그러면서 배우는 거지, 뭐."

생크림빛 목소리에 왠지 얼굴이 붉어진다. 늘 그렇다. 나는 오빠밖에 없다. 잘하는 거고 못하는 거고 모두 보여 줄 수 있는 사람은 이 세상을 다 뒤져도 카녹밖에 없다.

나는 오빠의 어깨에 얼굴을 묻었다.

"아 결혼하기 싫다. 그냥 오빠랑 살고 싶어."

"큰일 날 생각한다. 바보, 노처녀로 살 거야?"

"응, 그냥 칼 만들고 노처녀로 오빠랑 늙을래." 거기까지 생각하다 문득 얼굴이 확 붉어졌다. "맞다. 오빠는 결혼해야 하지? 대를 이어야 하니까."

내 말에 오빠의 얼굴도 귀까지 빨개진다.

"바보냐? 네가 결혼 안 하면 나라고……."

"나라고? 뭐?"

내 말에 오빠의 입술이 움직인다. 짧은 단어, 그러나 그게 입 밖으로 나오지는 않았다. 이윽고 오빠가 시선을 돌린다.

"아무튼 내 결혼은 신경 쓸 바 아니고, 아카넬 그놈은 아니야. 널 행복하게 해 줄 것 같지도 않고."

"응……."

"제대로 듣고 있어?"

"응, 듣고 있어."

오빠 품에 안기니 왠지 요람 안에 잠드는 아이 같다. 나는 리듬에 맞춰서 천천히 발을 움직였다. 몇 번 발을 밟았지만 카녹은 단 한 번도 화를 내지 않았다.

2.

뭘 하든 기초란 건 꽤 중요하다. 이래 보여도 체력도 보통 여성 이상이고 반사 신경도 뛰어나다고 자부한다. 그러나 문제는 따로 있다.

"무, 문제라고나 할지. 이걸 뭐라고 표현해야 할까."

내 말에 오빠가 식은땀을 흘린다. 알고 있다. 나도 알고 있다. 나는 이제 상대방의 스텝을 미리 간파하며 그에 맞춰 포지션을 정하고 상대방의 턴에 유려하게 응수해 줄 자신도 있었다. 실제로 이제는 오빠 발을 밟기는커녕 악착같이 붙어서 오빠의 행동에 대응할 준비가 되어 있다.

"카이, 춤은 결투가 아니야."

"나도 알고 있어."

"음악은 장식으로 틀어 놓은 게 아냐."

"나도 알아."

오빠가 내 허리를 붙잡고 상체를 젖힌다. 나는 내 유연성을 이용해 척 허리를 젖히며 정확하게 팔을 45도 각도로 튼다.

내가 봐도 완벽하다. 마스터. 내 재능에 내가 소름이 돋을 정도다. 오빠가 말했다.

"아, 이걸 어쩌지."

"뭐?"

"너 늠름하다고."

뭔가 단어 선택이 이상하다. 하지만 예쁘다는 말이나 늠름하다는 말이나 다 같이 좋은 뜻이니까 칭찬 맞⋯⋯겠지?

왠지 나와 내 오빠를 본 시종들의 안색이 파리하게 질린다. 내가 뭐 잘못했나? 나도 모르겠다. 아무렴 뭐 괜찮겠지.

오빠가 내 허리를 들고는 턴을 한다. 여기서는 내가 한쪽 다리를 들고 일정 속도로 돌면 된다. 오빠가 말했다.

"일부러 하라고 시켜도 안 나오겠다."

"뭐?"

오빠가 한숨을 포옥 쉬었다. 그러고는 진실의 문을 열고야 만다.

"카이, 이건 춤이 아니야."

카녹은 머리를 부여잡고 진실의 문을 열었다.

"기계체조를 해도 이것보다는 박자감이 있겠다. 몸에 힘이라도 좀 풀고 해 봐."

몇 번을 시도해 봐도 좀처럼 자세가 나오지 않는다. 오빠는 내 머리를 톡톡 친다.

"배울 건 전부 배웠어. 이제 활용하기만 하면 돼. 어깨에 힘 푸는 거 잊지 말고. 너무 열심히 하려고 하지 마. 넌 박자 감각은 좋은데 그놈의 기합이 문제야. 뭐든 힘을 주고 하려고 하니까 예쁘질 않잖아."

이 이상은 배워 봤자 의미 없다는 건가. 나는 작게 한숨을 쉬었다. 아무래도 어쩔 수 없나 보다. 이다음은 혼자 연습하는 수밖에.

3.

그 후로 시험 삼아 몇 번이고 혼자 연습했다. 무도회 당일은 점점 다가오는데, 더 이상 뭘 해야 할지 모르겠다. 예법은 충분히 배웠고, 사교계의 꽃이라는 사교댄스도 연습했다. 그냥 외워서 해결되는 일이라면 얼마든지 하겠다.

오빠는 내가 너무 열심히 해서 그게 문제라고 했다. 대체 사교계의 스타가 되려면 열심히 하지 않고 어떻게 하라는 말인가.

'물론 열심히 해야 하지만 열심히 하는 티가 나면 안 돼. 상대도 긴장하잖아.'

아, 짜증 난다. 점점 더 모르겠다.

기왓장 격파라든가 장정 30명 최단 기간 쓰러뜨리기, 천하제일 무술대회 이런 거라면 차라리 자신 있겠다.

거기다 가장 큰 문제는 리버다. 드레스를 주기로 했는데 전날이 되도록 얼굴도 안 보인다. 연락을 하고 싶지만 정작 나는 리버가 어디에 사는지도 모른다.

참 바보 같다. 조급한 마음에 시간만 점점 더 흘러간다.

마침내 무도회 열리기 딱 세 시간 전이 돼서야 리버가 창문을 열고 들어왔다.

"누나, 누나!"

말하는 까만 고양이라니. 솜털이 곤두서는 기분이다. 청안이 리버의 목소리를 듣고 아래층에서 비명을 지른다. 나는 청안에게 나는 괜찮다고, 별거 아니라고, 올라올 필요 없다고 몇 번이나 소리 질렀다. 그러거나 말거나 리버는 고양이에서 원래 소년의 모습으로 변한다.

"드레스 구해 왔어!"

리버가 환한 얼굴로 나를 끌어안는다. 부담스럽다. 나는 손을 뻗어 억지로 리버를 밀어낸다. 리버가 눈썹을 찌푸린다.

"누나, 이러기야?"

"그쪽이야말로 이러깁니까? 드레스가 없어서 화장도 하나도 못 했다고요! 지각하면 어쩌려고 그러십니까?"

내 말에 리버가 웃는다.

"주인공은 원래 늦어도 돼."

"지금부터 화장하기 시작하면 늦어요."

"내가 알아서 할게. 응? 나 이래 보여도 그런 쪽은 자신 있거든."

이 소년은 검지를 들고 내게 윙크한다. 고양이 같은 눈매로 애교를 떠니 화가 조금 누그러진다.

'아, 나 고양이 싫어했는데.'

저 녀석 때문에 고양이가 점점 더 친숙하게 느껴진다.

"그래요. 그렇게 자신 있으면 보여줘 봐요."

리버가 손을 뻗자 허공에 새카만 문이 모습을 드러낸다. 최상급 마법사들만 사용할 수 있다는 공간의 문이다. 내심 놀랐지만 티를 내진 않았다.

리버가 문을 열자 그 안에 내가 입을 드레스가 모습을 드러낸다.

"놀랐지?"

내 눈가가 살짝 떨렸다.

4.

마이어하트가 차기 가주의 생일연회다. 이 근방에서 내로라하는 지역 유지들은 모두 모였다. 심지어 먼 곳에서까지 그의 생일을 축하하러 각 영주의 자제들이 속속들이 도착했다.

투명한 샹들리에가 별빛처럼 반짝였다. 바닥에는 장미 꽃잎을 아낌없이 뿌렸는데 그 향기에 어지러울 정도였다. 바다와 산이 만나는 곳답게 시종들은 거대 랍스터니 꿀에 푹 절인 돼지고기 찜이니 만찬 음식을 옮기기 바빴다.

이 무도회의 주인공 무지카는 시종에게 커다란 진주를 받아 샴페인에 집어넣는다. 하얀 진주가 기포에 녹아든다.

'후우, 오늘따라 덥군.'

알타미르 해역에서만 자라는 은빛날개조개에서만 채취할 수 있는 특수한 진주다.

빛을 비출 때마다 비취처럼 우윳빛 내부가 투명하게 비쳐 보이는 것으로, 보통 루비나 사파이어와 동등한 가격으로 거래된다. 특히 그중에서도 물방울무늬가 들어간 것들은 인어의 눈물이라고 해서 가지고 있으면 남자의 마음을 빼앗을 수 있다는 전설이 있다.

그걸 그냥 샴페인에 넣고 녹여 마신다.

퐁!

이 근방의 여성들은 그의 입속에 녹아 들어가는 인어의 눈물을 보며 꿈꾸는 표정을 지었다. 천년왕께서는 칩거하신 지 오래다. 그동안 정사를 돌보고 알타미르 도시를 돌본 것은 순전히 마이어하트 가문이었다.

특히 알타미르는 도시국가 알타미르로 시작해, 이제는 크고 작은 군소 도시들을 경제력으로 집어삼켰다.

마치 과거 헬레네 연맹처럼 사실상 구 제국에 비견될 만한 부를 축적했다. 마이어하트 가문은 백성들의 지지를 받고 있는 천년왕을 앞에 내세우고 철저하게 그림자 속에서 지배해 왔다.

아카넬 아르노크 대공이 지배하고 있는 대곡창지대도 이만큼 부유하지는 않으리라. 그곳의 차기 가주가 여태까지 약혼녀 하나 없이 솔로로 지내는데, 레이디들의 마음이 애타지 않을 리가 없었다. 거기다가 선명한 붉은 머리카락에 푸른 눈동자. 그리고 매를 닮은 또렷한 이목구비는 동화에 나오는 왕자님에 비견해도 손색이 없었다.

그리고 그 매는 오늘따라 유독 주량이 늘어가고 있고 레이디들의 은근한 청도 대놓고 무시하고 있는 중이다.

벌써 파티의 절반이 지나갔는데 이대로면 춤 한 번 안 추고 시간이 지날 터, 레이디들은 내심 주먹을 불끈 쥐었다.

'무지카 경!'

그중 가장 용기 있는 레이디 하나가 그의 앞으로 다가가 드레스를 말아 쥐고 인사를 청한다. 원래라면 남성의 인사 없이 먼저 춤을 청하는 건 법도에 어긋나는 일이지만 지금 그녀에게는 상관없었다.

레이멜 수아르. 과거 백작이었던 수아르 가문의 외동딸이자 대상단 수아르 상단을 등에 업은 그녀였다.

은수저가 아니라 다이아몬드 수저를 입에 물고 태어난 소녀였다. 거기다 그녀는 외동이었다. 아버지는 레이멜을 세상 누구보다 총애했다.

"오늘도 빛나시옵니다. 무지카 마이어하트 경."

"음."

그렇게 한 글자 뱉어놓고는 대답이 없다. 원래 이다음이라면 자연히 '좋은 날씨군. 레이멜 영애.' 이렇게 한마디라도 뱉어야 하는 게 아닌가. 대놓고 무시다. 그녀의 등 뒤에서 다른 레이디들이 부채로 입을 가리며 키득거렸다.

"아무리 수아르 가문의 영애라고 해도 이 무슨 추태인지요."

"아아, 무지카 경께서 부디 저 아가씨를 보고 다른 영애들도 그럴 거라 착각하지 말아 주셨으면 좋겠네요."

"이 무슨 망신인지. 아, 레이멜 영애. 보는 제가 얼굴이 붉어집니다."

아주 대놓고 들으라는 듯 물어뜯는다. 그게 바로 사교계 아닌가. 총칼만 없을 뿐이지 사람 찌르고 후비는 건 똑같다.

레이멜은 그녀를 비웃는 다른 레이디들을 돌아본다. 입은 웃고 있지만 눈은 결코 웃고 있지 않았다.

"호호호. 요즘 들어 모든 말에는 대가가 따른다는 걸 모르는 어리석은 자들이 많지요. 그렇지 않나요? 무지카 경."

무지카는 뭔가 생각이 났는지 한마디 던진다.

"그런 촌년이 하나 있지."

뭔가 이상한 대답이다. 아무튼 무지카 경의 동의를 얻었으니 무서울 게 없다. 그녀는 기세등등하게 다른 여인들을 쏘아본다.

그때 입구를 지키는 시종이 그의 누이, 아리네스 마이어하트가 왔음을 알린다. 그녀의 이름이 울리자 사교계에 있는 모든 이들이 집중했다.

치마가 아닌 남성용 정장, 그것도 꽤나 타이트해서 몸매가 그대로 드러났다. 목에는 넥타이 대신 스카프를 했는데 꽤나 세련되어 보였다. 젊은 레이디들은 그 모습에 얼굴을 붉혔고 나이 든 남성들은 이마를 찌푸리며 속닥였다.

애초부터 정숙한 여인이 입을 법한 옷은 전혀 건드리지 않는 누님이었다. 오히려 매춘부들이나 입을 법한 옷만 즐겨 입곤 했다. 그런데 하필 가문에서 주최한 연회에 남장이라니. 그것도 완벽한 남장도 아니었다.

여성의 핏에 딱 맞는 조끼와 팬츠, 거기다가 사람 하나

찔러죽일 것 같은 높은 스틸레토 굽 하이힐이다. 코르셋이나 레이스라고는 전혀 보이지 않는다. 그나마 하늘하늘한 거라고는 목에 두른 푸른 스카프 정도겠다.

거기다가 새빨간 머리카락을 자유롭게 풀어 버려서 바람에 쉽게 나풀거린다. 반 묶음 정도라면 모를까, 이런 격식 있는 곳에서 할 법한 머리가 아니다. 하지만 어울린다는 게 더 큰 문제다.

아버지가 아시면 분명히 노발대발할 게 틀림없었다. 무지카가 샴페인을 흔들었다.

"이번에도 한 건 했군. 누님."

아리네스는 시종에게 샴페인 잔을 받아 진주 반지를 빼서 샴페인 안에 풍당 집어넣는다. 진주가 녹으며 크림거품이 밀려 올라온다. 그녀는 거품을 마시지 않고 혀끝으로 핥는다.

특유의 퇴폐적인 분위기에 여성도 젊은 남성도 그만 침을 삼키고 만다.

"하이 패션이라는 거야, 꼬맹이. 내년쯤이면 이런 옷을 입고 다니는 여성들이 더 많아질 거다."

"아버지는 그때가 이 세상 망하는 날이라고 생각하시겠지."

그녀는 남자처럼 웃었다.

"그나저나 기분이 나빠 보이는데, 무지카. 오늘따라 유독 날 서 있네."

"전혀. 평소와 같아. 그냥 무료한 연회지."

"아카넬 대공은 이미 도착해 있는 모양인데 인사라도 했어?"

"했지. 그 인간은 사람이 아니라 돌일 거다. 300명이 넘는 사람들을 표정 하나 바꾸지 않고 인사를 받아주고 결국 가더군."

"빠르네. 할 일만 끝내고 먼저 돌아간다는 건가?"

그녀는 새빨간 매니큐어를 들어 자신의 입술을 긁었다. 뭔가 자극적인 생각을 했을 때 하는 버릇이었다. 누님이 이행동을 하면 보통 둘 중의 한 가지 일이 일어나곤 했다.

음모를 꾸미거나 아니면 누군가를 유혹해 죽이거나.

'남자든 여자든 가리지 않지. 우리 누님은.'

침대에서 죽이든 아니면 물리적으로 이승을 뜨게 하든 죽는다는 표현은 똑같다.

어릴 적, 무지카가 사춘기에 들었을 때, 누님의 연구소로 갔다가 봤던 장면이 아직도 트라우마다. 당시 무지카가 사사받고 있었던 스승은 당대 제일의 성기사라고 불렸던 사람이었다.

백합의 기사라고 불렸던 이였는데, 아름다운 외모만큼이

나 청렴결백했다. 수도 내의 내로라하는 여성들의 구애에
도 눈 하나 깜짝하지 않으며 일생 동안 몸을 정갈히 하겠노
라고 언약했던 사람이었다.

'누이?'

그때 무지카가 본 것은 소파 위에 거칠게 누워 있는 두
남녀였다. 둘 다 무지카가 잘 알고 있는 이들이었다. 누이
는 피처럼 붉은 매니큐어로 그의 목을 내리눌렀다. 율동하
는 허리가 지금 무엇이 진행되고 있는지 말해주었다.

남녀의 고성은 계속되었고 그때 누이의 둥근 유방 너머
로 눈이 마주쳤다. 그때도 그녀는 무지카를 바라보며 손톱
으로 입술을 긁었다.

'쉿.'

그때 이후로 무지카는 아름다운 여성을 싫어하게 되었
다. 두려움과 비슷한 감정일지도 몰랐다. 확실한 건 그때
이후로 백합의 기사는 파계하여 신전을 나와 왕실 근위 기
사가 되었고, 그녀는 그런 그가 질렸는지 뒤도 돌아보지 않
고 차 버렸다는 것.

훗날 그가 그녀와 그녀 가문에 앙심을 품고 일을 꾀했다
는 것. 물론 실행된 것도 아니고 계획 단계였을 뿐이었다.

'누이는 뒤도 돌아보지 않고 죽여 버렸지. 왕국과 가문
에 누가 되는 모든 것들을.'

그때 그의 암살을 맡았던 건 어린 무지카였다.

'미안, 꼬맹이. 외부인에게 맡기기는 어려운 일이라서.'

백합의 기사는 비 오는 골목 안에서 새빨간 피를 흘렸다. 달도 뜨지 않은 밤이었다. 그럼에도 그의 동맥에서 흐르던 피가 느릿느릿 하수구에 빨려 들어갔던 게 기억난다. 피비린내가 비를 타고 달큰하게 코끝을 녹였다.

그녀는 새카만 우산을 쓰고 무지카를 바라보았다.

그때도 그녀는 손톱으로 입술을 긁었다. 그녀는 그의 시체를 뒤져 신원을 나타낼 만한 것을 완전히 없앤 다음 연금술 약을 부어 그의 얼굴을 두개골째로 녹여 버렸다.

그게 무지카의 첫 살인이었다. 그리고 그게 누이의 첫 증거 인멸이었다. 그 이후로는 아랫것들을 쓸 수 있는 위치에 올라섰을 뿐 달라진 건 없었다.

누이는 불처럼 사랑하고 불처럼 증오했다. 누이가 지나간 곳은 잿더미밖에 남지 않았다. 누이가 진정으로 신경 쓰는 건 오로지 왕국과 가문뿐이었다.

농담처럼 주변 사람들이 피도 눈물도 없는 여자라고 그녀를 지칭하는데 무지카는 반만 진짜라고 생각했다. 눈물은 없지만 피는 있을 거라고, 그리고 그 피는 독으로 되어 있을 거라고.

그런 여인이었다. 입술을 긁던 그녀가 씨익 웃었다.

"카이가 오지 않아서 서운했나 보네? 카이 오라버니인 카녹도 일부러 초대하지 않았잖아."

"웃기지 마. 그런 촌년 누가 신경 쓴다고."

그의 대답에도 그녀는 끈질기게 파고든다.

"예쁜 여자 싫어하잖아. 그런데 기다리는 거야?"

"웃기는 소리 하지 마. 그년이 예뻐?"

"안 예쁘니까 좋아하는 거야?"

"엄청 싫어하거든!?"

그가 버럭 소리를 지르자 주변의 레이디들이 꺄악 작은 비명을 지른다. 저도 모르게 살기가 새어나간 모양이다. 무지카는 신경질적으로 앞머리를 쓸어 올렸다.

"어차피 농지거리로 부른 계집이야. 누이야말로 그 계집 엄청 좋아하잖아. 내가 초대하지 않았으면 억지로라도 가서 초대장 건네줬을 거면서."

그 말에 그녀가 눈을 빛낸다.

"당연하지. 내가 그 아가씨에게 얼마나 공을 들이고 있는데."

"대체 누이야말로 뭐가 마음에 든 거야?"

립스틱이 샴페인 잔에 진득하게 묻어난다. 그녀는 혀끝으로 자신의 입술 자국을 핥는다.

"강하고 귀엽잖아. 넌 싫어? 이상하네. 너랑 나랑은 늘 취향이 같았는데 말이야."

"그만둬. 누이."

더 이상 놀렸다가는 폭발할 것 같았다.

아리네스는 벽에 몸을 기댄다. 지금의 그녀에게 감히 춤을 신청할 간덩이 부은 남정네는 없다. 애초부터 그녀는 먼저 사냥하는 쪽이지 기다리는 쪽은 아니다.

원하는 것은 얻는다. 방해하는 것은 죽인다. 대륙 정점의 두뇌치고는 꽤나 단순한 삶을 살아왔다.

"그 꼬마 아가씨 안 오려나 보네."

어리석은 아우가 꽤나 겁을 준 모양이었다. 그럴 필요까진 없었는데 말이다. 그녀는 문득 먼저 나간 아카넬을 떠올린다. 아카넬은 기계적으로 인사하고, 때때로 영지에 필요한 몇몇 교섭들을 처리하고 갔다.

아카넬이 사교계에 나오는 일은 몹시 드물었다.

아르노크 가문 자체가 베일에 싸여 있는 곳이다. 그녀, 아리네스 정도만이 아카넬의 진면목을 알고 있었다. 어째서 아르노크 가문 사람들은 좀처럼 사교계에 나오질 않는지, 그리고 어째서 대대로 초상화 하나 남기지 않는지.

아르노크 대곡창지대를 낀 산맥 어딘가 쯤에 드래곤 레어가 있으리라. 그리고 필요에 따라 영지를 관리하고 밖으로 나와 인간과 드래곤의 삶 두 가지를 모두 공유하고 있으리라.

아카넬은 강하다. 대륙 제일검이자 아르노크 영지의 실질적 소유주. 원한다면 스스로 왕이라는 호칭을 능히 세울 수 있다. 그러나 그는 그러지 않았다.

그렇다고 엘처럼 감각적인 삶에 빠져든 것도 아니었다. 그에게 있어 인간의 삶이란 마치 숙제와도 같았다.

필요한 일을 한다. 반복적으로 그저 할 뿐이다.

전쟁도 섹스도, 권력이나 사치 등 어디에도 흥미를 갖지 않는다. 저런 목석같은 남자는 무슨 재미로 인간의 삶을 유희할까.

그녀는 작게 생각한다.

'따분해.'

역시 그 아이는 오지 않을 모양이었다.

어차피 얼굴 도장 찍는 게 목적이었으니 슬슬 일어나 봐야겠다고 생각한다. 그때였다.

"카이 알테리온 영애께서 입장하십니다!"

이윽고 그 목소리는 잡담 소리들에 묻힌다. 여전히 무도회장은 시끄럽다. 아리네스는 고개를 들었다.

또각, 구두소리가 울렸다. 기이했다. 소음이 그녀의 구둣발 아래로 사그라지는 걸 보았다.

아리네스의 눈에 가장 먼저 들어온 건 흡사 장례식장에

다녀온 듯 새카만 드레스 자락이었다. 드레스 위로 은빛 진주가 이슬처럼 흩어진다. 원단 끝은 금색 자수로 마감했는데 그녀가 걸을 때마다 금빛 장미가 피었다가 지기를 반복했다.

두 번째 구두소리가 울렸다. 아리네스는 어쩐지 시간이 늦게 돌아가는 기분을 맛본다.

카이의 잘록한 허리가 모습을 드러낸다. 어깨와 등이 푹 파인 형태의 롱드레스. 고딕스럽다. 요즘에는 좀처럼 입지 않는 형태다. 원색의 드레스들 사이로 카이의 블랙 드레스가 꽃망울을 터뜨린다. 일부러 악센트를 주고자 눈가를 스모키하게 화장했다. 원래 컸던 눈이 더 커보였다. 금욕적임에도 퇴폐적이었다. 그럼에도 품위가 있었다.

그녀의 목 쪽에는 푸른 장미로 포인트를 주었는데 그게 더욱 신비감을 자극했다. 왠지 이 세계의 사람이 아닌 것 같았다. 이 세계의 것이 아닌 그녀를 끌어안고 목덜미의 장미에 코를 박고 싶은 충동을 일으켰다.

병적인 매력이었다. 평상시의 카이라면 결코 낼 수 없는 어두운 카리스마.

그런 그녀의 옆에는 어린아이가 에스코트하고 있다. 처음 보는 아이였다. 보라색 머리카락이라니, 좀처럼 보기 힘든 머리색이다. 소년은 누가 봐도 귀여웠고 경쾌해 보였지만 이상하게 위험해 보였다.

마치 독사의 줄무늬 같은 느낌이었다.

육감이 그녀의 목 뒤를 서늘하게 스쳐 지나갔다.

블라우스 아래 소년의 새카만 손톱이 유달리 샹들리에를 반사했다.

'이름을 부르지 않았다는 건 초대장에 없는 사람이라는 건데.'

그녀는 손톱으로 입술을 긁었다.

'난감하네.'

그녀가 무지카를 힐긋 본다. 무지카는 얼어붙은 채로 카이를 바라보고 있었다.

'정말 난감해.'

그녀와 무지카는 이상하리만치 취향이 똑같다. 그러나 그런 무지카를 억눌러왔던 건 순전히 그의 누이인 아리네스가 만든 깊은 트라우마였다.

'난감해.'

지금의 카이는 너무나도 자신의 취향이다. 옷 하나부터 살갗에 핀 흰 분자국까지도. 마치 누군가가 그녀의 취향을 미리 알고 만들기라도 한 것 같았다. 그 말은 즉 아우의 취향이라는 뜻이기도 했다.

아카넬이라도 곁에 있었다면 모를까, 하필 그 인간은 먼

저 연회를 떠났다. 그녀의 오라비도 이 자리에 없다. 그야말로 그동안 그녀를 지켜왔던 수문장들이 모두 떠났다는 뜻이 된다.

'딱 하나. 곁에 있는 보라색 꼬마가 왠지 몹시도 신경 쓰이지만.'

그건 어디까지나 그녀의 육감.

다리 사이에 뭐 달린 동생 놈이 느낄 수 있는 감각이 아니다.

'뭐, 이것도 재미겠지.'

그녀는 불장난을 저지르는 아이처럼 웃었다.

5.

'괜찮⋯을까?'

나는 리버의 에스코트대로 잠자코 계단을 내려간다. 고딕풍 블랙 드레스라니. 요즘 유행은 원색에 가까운 드레스가 아니던가. 걸음을 옮길 때마다 시선들로 목이 따끔거린다.

리버가 나만 들을 수 있을 정도로 작게 말했다.

"웃어. 그리고 믿어. 이 세상에서 제일 예쁜 건 나라고 생각해."

쳇, 말이야 쉽다.

"그런다고 예뻐집니까?"

내 질문에 리버가 뭘 당연한 걸 묻느냐는 듯 반문한다.

"응, 예뻐져. 몰랐어?"

묵직한 공기가 코끝을 적신다. 지금의 나는 평소의 내 모습이 아니다. 그래서인지 더 어색하다. 이 상황에서 내가 가장 아름답노라고 생각하며 내려가야 하다니, 쉬운 일이 아니다. 계단 옆 아리네스 님이 나를 향해 걸어온다. 이런 큰 연회에 저런 복장이라니. 꽤나 과감하다.

그녀는 내게 남자처럼 손을 내밀었다.

"저 꼬마는 누구?"

"아, 저… 레이디 아리네스 님을 뵙습니다."

보통 인사를 먼저 해야 하는 거 아닌가? 어색하게 스커트 끝을 붙잡는데 그녀가 내 손을 탁 쳤다.

"됐어. 우리 사이에 무슨 격식. 레이디라고 부르지 마. 내 직책상 경이라고 부르는 게 편해. 저 꼬마나 소개시켜 주겠어? 어디서 온 아이니? 분위기를 보아하니 평범한 아이는 아닌 것 같은데"

난감하다. 고대 리치라고 설명할 수도 없고, 사촌이라고 대충 둘러대야 하나?

"리버라고 불러요. 성은……."

리버가 내 말을 끊고 아리네스 경에게 우아하게 예를 표한다.

"리버 윈터라고 합니다, 아리네스 경. 이번에 레이디 카이 양에게 검을 의뢰하고자 먼 곳에서 왔지요. 사정이 있어 이런 모습이니 양해를 부탁드립니다."

어린 소년이 이렇게 말해 봐야 웃음만 살 거라고 생각했는데 그녀는 의외로 진지하게 답했다.

"그렇군요. 윈터 군. 그러면 윈터 군은 어디 출신이죠?"

"남서대륙 쪽에서 왔습니다."

그 순간, 그녀의 입에서 나온 건 생판 들어본 적도 없는 외국어였다.

"a daji dullisuqr akwonqw tlk?"

이건 시험이다. 그의 말이 진실인지 떠보기 위한 술책. 여기서 말을 못 알아듣게 되면 리버의 말이 거짓이 된다. 리버는 생글생글 웃으며 입술을 벌렸다.

"akhes, ameinp dkown."

아리네스 경은 그에게 탄산이 들어간 사과 주스를 건넸다.

"오래된 사투리군요."

"저희 지방에서는 아직도 두루 쓰는 말이거든요."

"흐음, 그런가요?"

두 사람은 웃고 있지만 결코 화기애애한 분위기는 아닌 것 같다. 그녀는 몇 차례 서로 다른 몇 개의 언어로 리버를 시험했고, 리버는 응수했다. 그녀는 리버가 이제는 잘 쓰지 않는 오래된 말투를 쓴다는 것을 제외하면 별달리 이상한 점을 못 찾겠는지 한참을 샴페인 잔을 흔들었다. 마침내 그녀는 리버에 대한 관심을 푼다.

"그러면 카이, 한 곡 추겠어?"

"네? 여자랑요?"

"응, 나 남성 파트도 할 줄 알거든."

예법서를 암만 떠올려 봐도 여성과 여성이 춤을 췄을 때에 대한 이야기는 단 한 줄도 언급이 되어 있질 않았다. 나는 개미가 기어가는 소리로 그녀에게 속삭였다.

"저, 춤 이상해요."

"못 춘다는 거야?"

이걸 뭐라고 표현해야 할지 모르겠다.

"박자도 맞고 동작도 분명히 맞는데. 그게 좀… 이상하다나 봐요."

거기까지 말하는데 낯선 손이 쑥 튀어나와 아리네스 경의 어깨를 붙잡는다. 화들짝 놀라 시선을 위로 올리니 별로 만나고 싶지 않은 얼굴이 보였다.

"호오, 쫄아서 도망친 줄 알았는데? 촌년."

무지카가 거만한 눈으로 웃고 있다. 내가 여기서 똑같이 싸웠다가는 사교 첫날부터 매장이다.

그렇지 않아도 이 파티의 주인공 두 명이 내가 오자마자 기다렸다는 듯 다가와 먼저 인사하는 터라 주변 분노가 물밀듯이 느껴진다. 그러나 그거에 당할 나도 아니다. 나는 치마를 살짝 들어 우아하게 인사했다.

"무탈하신지요, 무지카 마이어하트 경. 이렇게 귀하의 연회에 초대해 주셔서 감사합니다."

무지카는 보란 듯이 팔을 벌려 예를 표한다.

"이 자리를 빛내 주어 감사하오이다. 카이 알테리온 영애." 그리고 그다음 말은 내가 가장 듣기 싫은 그 한마디였다. "저와 한 곡 어떠신지요?"

들었다. 분명히 들은 게 틀림없었다. 내가 춤 못 춘다는 말을 어쩜 그렇게 찰떡같이 들어서 콩떡같이 써먹는지 모르겠다. 거절할 명분이 없다는 게 가장 큰 문제다. 그는 이 파티의 주인공이고, 나는 이번 사교계에 첫 발을 디딘 새내기다. 예법 책을 탈탈 털어 봐도 여기서 그를 거절할 명분이 없다.

'역시 승낙해야 하나.'

눈 뻔히 뜨고 독주를 삼키려는데 아리네스 경이 기침을

내뱉었다. 폐렴인가 싶을 정도로 격한 기침이다.

"어쩌지. 목이 안 좋네. 카이 양, 미안한데 소다수 좀 가져오겠어? 저쪽 창가에 가면 있어."

다행이다. 벗어날 명분이 생겼다. 혹시나 무지카가 뭔가 다른 소리 할까 봐 씩씩하게 말했다.

"당장 가져올게요!"

아, 이런 목소리가 너무 컸다. 아리네스 경이 뭐가 그리 웃긴지 소리 내서 웃었다. 조금 부끄러웠지만 바로 소다수 쪽으로 향했다. 소다수는 홀 외곽 구석진 곳에 놓여 있었다. 아무래도 이런 곳에 오면 술을 마시지 물을 마시는 사람이 드물다 보니 구석에 놓은 모양이다.

문득 내 뒤에 여성들이 쫓아오는 게 느껴졌다. 그냥 지나가는 길이겠거니 성큼성큼 소다수 앞으로 향하는데 이 여인네들이 테이블 앞을 막고 부채를 퍼덕인다.

"어머, 카이 알테리온 영애. 반가워요. 저는 레이멜 수아르라고 해요. 옆에 있는 이분들은 베키 메르타스 자작 영애. 프리트 포메르 남작 영애랍니다."

입은 웃고 있는데 눈은 전혀 웃고 있지 않았다. 우선 그녀들에게 예를 표했다.

"처음 뵙겠습니다. 카이 알테리온이라고 합니다."

"알테리온 영지라니 참 공기가 맑은 곳이죠? 예전부터

너무 가고 싶었어요. 하지만 아무래도 제가 도시에서 자라다 보니 그런 시골 공기를 맡았다간 피부에 뭐가 돋을 거 같아서요. 오호호호!"

"그러고 보니 카이 양은 참으로 씩씩하기도 하네요. 어떻게 그런 시골에서 사셨는지 절로 감탄사가 나온답니다."

"그러고 보니 아직도 시골 냄새가 나지 않나요? 음, 저희 아버지 말로는 말똥 냄새랑 비슷하다고 하더군요. 호호호!"

그제야 나는 모든 것을 깨달았다. 우리 저택에서도 가끔 생기는 일이다. 새로 들어온 신입 메이드가 어딘가 튀어 보일 경우, 꼭 그 메이드는 뒤뜰에 불려나가 선배들에게 포위당하곤 했다. 그러고 나면 매우매우 기가 죽어서 나오는데, 어머니는 그걸 알면서도 모르는 척 넘어갔다. 고용인들 문제에 엄마 같은 사용인이 끼게 되면 문제가 더 복잡해지기 때문이다. 대신 이튿날 밤에는 그 메이드를 몰래 따로 불러 저녁 간식이나 포도주를 건네주곤 했다.

이건 남녀가 따로 없어서 하인들도 이런 식으로 당하고 오면 어머니는 똑같이 대해 줬다.

지금이 그때와 다를 바 없었다.

어딜 가나 굴러들어 온 돌을 환영하는 곳은 없다.

다른 점이 있다면 내가 이 계집들에게 린치를 당한들 나중에 날 위해 포도주를 챙겨 줄 사람 하나도 없다는 것과 내가 한주먹거리도 안 되는 이년들의 얼굴을 후려쳤다가는 재수 없으면 영지 분쟁까지 번질 수 있다는 정도겠다.

'무시해야지, 뭐. 사람 사는 동네는 어디나 다 똑같으니까.'

손을 뻗어 소다수 잔을 집는다.

"무지카 경에게 춤 신청을 받았다고 아주 기고만장해지신 모양이네요. 카이 양."

그 순간, 날카로운 스틸레토 하이힐이 내 복숭아뼈를 찍는다.

'우왓, 육탄전이야? 내가 상상했던 것보다 더 격한데?'

보통 책에서 나오는 사교계 시련이라고는 뭐 하하호호 웃으며 욕하거나, 기껏해야 나쁜 소문을 보란 듯이 퍼뜨리고 다닌다거나, 사람에게 악의적인 질문을 퍼부어 멀쩡한 여자를 창녀로 만들어 버리는 정도였다.

평소라면 나도 저 여자에게 반격을 날렸으리라. 그러나 그러기에는 10킬로그램이 넘는 이 망할 특제 코르셋 드레스와 12센티 하이힐의 굽이 너무 높았다.

힘 조절은 아무래도 무리다. 제대로 반격했다가는 저 여자의 몸이 저 홀까지 날아가겠지.

'아, 그래. 넘어지자, 넘어져.'

빠르게 판단을 내리고는 그대로 엎어져 줬다. 더럽고 치사하다. 소다잔이 내 드레스를 철퍽 적시고는 깨졌다.

음악 소리가 일순 멈춘다. 사람들의 시선이 이쪽으로 모인다. 부끄럽다. 하지만 더 짜증나는 건 이다음이었다.

레이멜인가 레이무인가 하는 년과 그의 일당들이 내 모습을 보며 무슨 십 년 묵은 체증 넘기듯이 웃어젖힌다.

"오호호호. 죄송해요, 카이 알테리온 영애. 제가 다리가 미끄러져서."

"도시 여자들이 많이 연약하답니다. 카이 양이라면 이해해 주실 거죠? 워낙 튼튼하시잖아요. 호호호호! 여기 손수건 드릴게요."

선심이라도 쓰듯 손수건을 건넨다.

나는 작게 숨을 후우, 내쉬었다.

리버와 눈이 마주친다. 뭔가 하려는 모양이다. 나는 눈짓으로 그를 제지했다. 어차피 이렇게 진흙탕에 구른 거, 응수해 주는 게 인지상정 아닌가.

나는 그녀가 건넨 손수건을 받으려 했다.

"죄, 죄송해요. 저 때문에 놀라셨죠? 손 내밀어 주셔서 고마워요."

나는 그녀의 손을 붙잡고 몸을 일으키는 척하다가 일부러 내 왼쪽 다리에 힘을 준다. 체중이 옮겨 가자 그녀의 몸이 앞으로 쏠린다. 하지만 겉으로 봐서는 모른다. 드레스에 발이 가려져 있으니까!

나는 놀란 척 소리를 지른다.

"왜, 왜 이러시는……!"

그렇게 말하며 소다수 테이블에 몸을 던진다.

와장창창! 테이블이 아주 그냥 박진감 넘치게 넘어진다. 당연하지. 내가 마력까지 실어서 몸을 던졌는데 이게 안 날아가면 그게 웃긴 거다. 테이블이 엎어지면서 소다수들이 내 몸을 완전히 적신다. 부서진 유리가 살갗을 파고든다. 피가 뚝뚝 떨어진다.

꺄아아악!

비명 소리가 홀을 울린다. 나이 있으신 레이디분들은 내 피를 보자 머리를 붙잡고 혼절한다. 그녀가 당황한다.

"아, 안 밀었어요! 제가 안 그랬습니다. 그냥 몸이…… 몸이 막!"

그래. 니가 그걸 설명할 수 있으면 내가유권(內家流券)의 고수지. 소다수가 내 얼굴 위로 흘러내린다. 당연히도 내 화장은 연금술로 만든 특제 워터프루프다. 물기에 번질 턱이 없다. 오히려 나의 처연함을 배가시킨다.

"죄송해요, 레이멜 영애. 그, 그래요. 제가…… 타국의 시골 출신인 제가 못마땅하신 거군요. 죄송합니다. 죄송합니다!"

웅성거리는 소리가 홀을 울린다. 나는 모두 앞에서 가짜 눈물을 닦는다.

그녀가 당황했는지 버럭 화를 낸다.

"대체 이게 무슨 함정입니까! 카이 알테리온 영애!"

"네? 함정이라뇨?"

나는 곰의 손아귀에 목이 잡힌 아기 사슴처럼 파르르 몸을 떨었다. 그때 리버가 용맹하게 소리를 지른다.

"이럴 수가! 레이멜 영애! 아무리 질투가 심하다 하여도 사람을 이렇게 다치게 만들다니!"

나이스 어시스트다. 나는 리버가 던진 말을 멋지게 받아친다.

"아, 아닙니다! 제, 제가 발을 헛디뎌서… 레이멜 영애께서는 아무런 잘못이 없습니다. 쿨럭, 쿨럭!"

피를 토하며 기침을 내뱉었다. 당연히 말도 안 된다. 내가 무슨 강권을 맞아 내상을 당한 것도 아니고 넘어졌다고 피를 토하는 게 말이 되나. 그러나 내 제스처는 군중들을 움직이기에 충분했다. 리버가 추가타를 날린다.

"카이 영애는 억지로 감싸줄 필요 없소. 이렇게 사람이 착해서야, 원."

시종들이 급히 내게 다가와 내 어깨 위를 담요로 덮는다.

나는 마치 진이 빠진 것처럼 그대로 이마를 짚고는 탈진한 척한다. 허파 깊게 숨을 삼키고는 그대로 마력을 담아 복식 호흡.

"하아—!"

내 한숨이 장내를 작게, 그러나 더할 나위 없이 깊게 울린다.

제대로 들어갔다. 하나둘 레이멜 영애를 성토하기 시작했다.

"내 그동안 영애에 대해 들었던 소문이 진실이 아니라 했거늘……."

"수아르 가문에 대해 다시 생각해 봐야겠소!"

레이멜이 입술을 피가 나도록 깨문다.

"아닙니다! 전 아니에요! 물론 처음은 제가 한 게 맞… 아! 아니, 그런 게 아니고요!"

변명이 계속되자 사람들은 칼눈을 뜨고 바라본다. 사람이 당황하면 본심이 나오기 마련이다. 물론 저 말까지 한 걸 보면 저 아가씨도 그리 뛰어난 지능은 아니라는 거지. 리버가 날 향해 작게 브이 사인을 건넨다. 이래서 바람잡이가 중요한 법이다. 나도 이렇게 일이 커질 줄은 몰랐으니까.

레이멜은 필사적으로 자신의 무죄를 호소하기 시작했다.

그러나 그녀의 옆에서 함께 날 공격하던 친구들까지 내 편을 들며 그녀를 공격하기 시작했다.

여론이 바뀌니 재빨리 편을 갈아탄 모양이다.

'사교계 우정 휴지 조각만도 못하다더니 진짜네.'

아리네스 경은 뭐가 그리 즐거운지 샴페인을 흔들며 내게 건배를 건넨다.

'눈치챘군. 눈치챘어.'

그렇게 그녀를 공공의 쌍년으로 몰아가는데, 무지카가 몸을 일으켰다. 그러고는 나를 향해 다가왔다.

나는 탈진한 척하는 중이라 가만히 있었다.

혹시 눈치챈 건가? 만약 진짜 그런 거면 내가 어떻게 상대해야 하지?

백 가지 수가 머릿속을 헤집는다. 그런데 어쩐지 몸이 가벼워진다. 실눈을 슬쩍 뜨니 그가 담요째로 나를 공주님 안듯 들어 올린다.

"난감하군, 레이멜 영애. 이런 일을 저질렀으니 앞으로 그대를 다시 초대할 수 있을지 모르겠소."

그녀가 참지 못하고 울음을 터뜨린다.

'좋아했나 보네. 그것도 엄청.'

오늘로 그녀는 사랑하는 사람의 신용도 잃고 사교계 경력에 지우지 못할 타격까지 입었다. 내가 그리 착한 성미는 아니라서 아주 그냥 속 시원하다.

'그러게 내가 처음에 참아 줬을 때 내버려 뒀으면 이런 일도 없었거늘.'

내 안의 작은 악마가 승리의 깃발을 흔들었다.

6.

파티를 뒤로한 채 나는 얌전히 안겨서 그렇게 걸어갔다. 어두운 밤, 복도 끝에는 밀랍 타는 냄새가 아련하게 풍겼다. 그의 등 뒤에는 음악소리와 웃음소리가 그림자 인형극처럼 넘실거린다. 시종도 대동하지 않고 그는 걸어갔다.

이윽고 그가 물었다.

"몸도 튼튼해 가지고는 병신처럼 왜 맞고 있냐?"

아마 뭔가 단단히 오해한 모양이다. 아리네스 경이 말해 주지 않은 모양이다.

솔직하게 밝혀야 할까. 아니면 가만히 있는 게 좋을까. 눈꺼풀 속 눈동자만 이리저리 맴돈다.

"사교계 스타가 된다더니 결국 일만 치네. 쯧, 이래서 촌년들이란."

"……"

결국 내 선택은 침묵이었다. 사실을 밝히지도, 그렇다고 더 그럴듯하게 거짓말하지도 않고 그냥 입만 다물기로 했다. 계속해서 탈진해 있는 척 눈만 감고 있었다.

그는 나를 침대에 내려놓았다. 미리 손님 접대용으로 마련해 둔 방인 것 같다. 그가 내 머리카락을 쓸었다. 숨결이 내 눈썹을 간질인다.

'깨어나는 척하는 게 좋을까?'

남녀가 한 방에, 그것도 한쪽은 탈진해 있다. 내가 아무리 대공의 약혼녀라고는 하지만 썩 좋은 분위기는 아니다.

단단하고 따뜻한 것이 내 입술을 스쳐 지나갔다. 그게 손가락이란 걸 깨닫기까지 그리 얼마 걸리지 않았다. 이상해 보이더라도 눈을 뜰 요량으로 눈꺼풀을 드는데 이때 입술이 내 이마에 닿았다. 뜨거웠다. 새빨간 장미향이 어깨를 끌어안는다. 찰나의 정적이 이어진다. 마침내 그는 방문을 열고 나갔다.

'뭐, 뭐야?'

일어날 수가 없었다. 대체 무슨 생각인지 알 수가 없다. 나는 몸을 둥글게 말고는 그렇게 한참 고민에 빠진다.

창밖에는 새하얀 달이 둥그렇게 떠 있었다.

7.

샴페인을 뒤집어써서인지, 아니면 어제 안 하던 짓을 해서인지 이튿날 열이 시뻘겋게 올랐다.

역시 샤워라도 하고 잤어야 했다. 그대로 날 밝을 때까지 침대만 쥐어뜯다가 잠들어 버린 게 게 화근이다. 무지카 놈도 시종을 보낼 생각을 뒤늦게 했는지 아침이 되어서야 시녀 두 명이 달려왔다.

"몸이 불덩이세요!"

그래. 나도 안다.

드레스를 벗기 위해 몸을 일으킨다. 자기 전에는 코르셋이든 뭐든 벗어야 했다. 안 그러면 고래뼈 코르셋 때문에 밤새도록 허리가 학대당해야 할 테니까. 덕분에 이거 벗으면 살에 코르셋 자국이 푹 파일 거다.

'열난 것도 이것 때문인가.'

이런 건 사람이 입고 잘 게 아니다.

두 시녀들은 서로의 눈치를 보며 이 사태를 어떻게 해야 할지 고민하는 눈치다. 그러나 그들은 프로였다.

"드레스 벗고 계시는 동안 목욕물을 받아 놓겠습니다. 화장도 말끔하게 지워 놓을 테니까요. 열도 심하신데 일어나실 필요 없으십니다. 그대로 엎드려 계세요. 제가 알아서 벗길게요."

그녀는 몇 번 내 등의 줄을 툭툭 풀더니 완전히 코르셋을 풀어냈다. 드디어 숨이 폐 안으로 깊게 밀려들어 온다. 허리에는 코르셋 자국으로 피멍이 시뻘겋게 들어 있었다.

'그놈의 사교 파티.'

옷에 힘 좀 준다고 청안이 쫙쫙 조였던 게 고스란히 상처가 되어 돌아왔다. 얼마나 오래 눌렸는지 살 파인 곳이 제대로 돌아올 기미가 보이지 않는다. 그녀가 안타까운 듯 탄식했다.

"이거 분명히 붓겠네요."

이런 세상에서 여자로 산다는 건 참 괴롭다.

마지막으로 그녀는 하이힐을 벗긴다. 끈이 종아리를 완전히 감는 형태라 혼자 힘으로 벗는 것도 힘들다. 힐까지 완전히 벗기는데 문득 복숭아 뼈 부근이 뻘겋게 부어 있는 게 아닌가.

"심하게 삐었는데요?"

사교계의 불여우 하나 잡으려다 내 발목까지 날려먹었다. 이래서야 밑지는 장사다.

시녀의 인도에 따라 속옷까지 전부 벗어 버리고는 절뚝이며 몸을 일으켰다. 그쯤 되니 이미 목욕물은 완벽하게 준비되어 있었다. 부축을 받으며 목욕탕 안에 몸을 담근다.

그녀들은 솜씨 좋게 향유를 물에 섞었다.

'돈이 많은 집안은 뭔가 다르구나.'

과연 이 도시 제일가는 부자라고 불리는 마이어하트 가문이다. 순금 가루를 뿌려 만든 샴푸로 내 머리를 감긴다. 연금술 길드에서 주문 제작한 물건으로, 아마 뭔가 마법이 담겨 있을 거다.

두피에 닿는 손이 머릿속 깊은 곳 고민까지도 쓱쓱 쓸어낸다. 일류 미용사도 이 정도 솜씨를 가질지 의심스럽다.

'대체 시녀들을 어디서 뽑아오기에 이렇게 솜씨가 대단한 걸까.'

또 다른 시녀는 솔을 들고 내 발바닥의 각질을 제거하는 데 여념이 없다.

그녀들에게 몸을 맡긴 체 나는 깜빡 다시 잠이 들었다.

"……님. 카이 님."

손으로 툭툭 치자 그제야 힘겹게 눈을 뜬다. 그녀들이 배시시 웃었다.

"다 끝났습니다. 부은 곳은 포션을 부을까요?"

"열상이면 모를까, 이런 종류는 잘 안 듣지 않나요?"

내 질문에 그녀들이 고개를 끄덕였다.

"네, 그래도 고통은 경감시켜 줄 겁니다."

많이 비쌀 것 같다. 얻어먹은 게 한둘이 아닌데 아마 모르긴 몰라도 이 향유와 목욕용품을 다 합친 것보다 포션값이 더 비쌀 게 틀림없었다. 억지로 몸을 움직여야 하는 전투 상황도 아니고 이럴 때 아까운 포션을 쓴다니!

"아뇨, 아뇨. 괜찮아요."

어차피 몸 하나는 누구보다 튼튼하다 자부해 온 나다. 이정도 삔 건 며칠 쉬면 낫는다. 그녀들은 내 몸을 헹구고는 양모 수건으로 물기 하나까지 닦아 주었다. 우리 집안이 시골 영지라서 그런지 큰 행사가 아니면 보통 목욕 시중 들일이 별로 없다. 그래서 그런지 조금 부끄럽다.

마지막으로 그녀들은 유니콘의 기름을 내 몸에 발라 주고는 가운을 입혔다.

"드레스는 세탁 후에 자택으로 보내 드리겠습니다."

그러고는 내게 간단하게 입을 원피스를 건네주었다. 흰 바탕에 붉은 자수가 들어 있다. 등이 푹 파여 있는 형태로, 이거라면 코르셋도 필요 없이 입고 벗기 간단하다.

"아리네스 님께서 골라 주셨답니다. 호호호."

이렇게 고마울 수가. 보통이라면 손님 대접 좀 하겠다고 또다시 치렁치렁한 레이스의 산을 들고 올 텐데…….

"고맙습니다. 이 옷은 돌아가면 세탁해서 보내드릴게요."

"손님께 드리는 옷인걸요. 그럴 필요 없습니다. 오히려 그러시면 세간에서 저흴 보며 웃을까 겁이 납니다."

그녀들은 귀부인들보다도 우아하게 웃었다.

나는 그녀들의 인도에 따라 드레스를 갖춰 입었다. 마이어하트 가문을 상징하는 붉은 드래곤 자수가 어깨부터 허리를 타고 골반 아래까지 질주한다. 신발 역시 샌들 형태로 간편한 걸로 받았다. 샌들 위쪽에는 붉은 보석으로 만든 장미가 피어 있었는데 이게 진짜 루비가 아니길 간절히 바랄 뿐이다. 나는 굽으로 바닥을 내려쳤다.

탕—

진짜 루비 맞다. 그리고 굽도 연금술로 만든 강화 유리가 아니라 천연 장미 수정을 깎아 만든 거고. 거기다 이런 강도라니!

'분명 비싸겠지. 비쌀 거야.'

포션을 안 받은 게 다시 생각해도 참 다행이다.

머리를 정리하고 향수까지 뿌리고 모든 준비를 끝내고 나자 시종이 문을 두드렸다.

"아침 식사가 준비되었으니 내려오시라는 소가주님의 분부입니다."

8.

식당 안에는 무지카 경과 아리네스 경, 두 사람이 앉아 있었다. 간단한 안부 인사도 나누지 않고 내가 앉자마자 시종들이 음식을 날랐다.

아침은 조용했다. 그때의 그 입맞춤을 물어보고 싶었지만 홀 안에는 그저 식기가 그릇을 스치는 소리만이 가득했다.

뭔가 하고 싶은 말이 많았다. 묻고 싶은 말도 많았다. 그러나 아무것도 말할 수 없었다. 그저 나는 베이컨을 썰고 스프를 삼켰다. 공기는 묵직하게 내 어깨를 붙잡는다.

아리네스 경이 서류를 넘기는 소리만 조용하다. 금색 에그 베네딕트 아래에는 스테이크가 층층이 쌓여 있었다. 와인소스로 푹 절인 등심이 젖은 소리를 냈다. 아침부터 이런 음식이라니, 보통 사람이라면 체할 게 분명했다. 거기다가 레드 와인까지 함께 삼킨다.

"열은 어때?"

"금방 내렸어요. 약이 잘 듣더라고요."

"흐음, 그래도 좀 쉬고 가. 너는 우리 집안의 손님이고 손님을 아픈 채로 보내는 건 실례지."

이런 이야기를 하는 와중에도 백과사전 두께의 서류는

꾸준히 얇아져만 갔다. 반면에 무지카는 토마토와 허브, 치즈를 곁들인 샐러드에 커피 한 잔이 전부였다.

고기는커녕 얇은 베이컨조차도 들어 있지 않았다. 보통 무인이라고는 상상도 못 할 식단이다. 우리 오빠만 하더라도 식탁에 고기가 있지 않으면 아예 손도 안 대지 않던가.

'단백질은 어디서 보충하는지, 원.'

문득 체격에 비해 가는 손목이 눈에 띄었다. 근육을 제외하고는 보통 사람에게 있을 법한 지방이 보이지 않는다. 옷으로 가리고 있지만 보통의 노력으로는 힘들다.

검을 익히기 위해서는 뼈를 깎는 수련이 필요하다. 그리고 그 수련을 견디기 위해서는 최소한 일정 이상의 단백질이 필요하다. 그렇지 않으면 근육도 함께 연소되고 만다.

'내가 참견할 문제는 아니지.'

어색한 식사가 끝나고 모두 약속이라도 한 듯이 자리에서 일어났다.

시종은 마차를 부르겠다고 했다. 오후쯤에 채비가 끝날 것 같으니 아무쪼록 푹 쉬라는 말도 잊지 않았다.

모두가 자기 할 일을 하러 떠난 빈 식탁. 나는 멍하니 천장만 바라보았다.

'이제 뭐… 하지?'

할 말은 많았지만 결국 아무 말도 목구멍 밖으로 나가지 않았다. 콩가루가 목 안쪽에 붙어서 도무지 떨어지지 않는다. 물 몇 모금 삼키고는 몸을 일으켰다. 이 주변을 산책할 생각이다.

정원을 돌고 돌다가 흰 대리석이 깔려 있는 연무장을 발견했다. 보통 연무장은 잔디를 많이 깔아 놓는데, 이런 곳에서 넘어졌다가는 무릎 깨지기 딱 좋다. 아마 연무장은 따로 있을 거고 여긴 높으신 귀족 나리들의 흥을 위해 만든 대련장일 거다.

과연 주변 바닥에는 무기가 잔뜩 꽂혀 있다. 마치 무기의 숲과 같다. 바닥에 무기를 꽂아 놓다니, 날 상하기 딱 좋다. 역시나 돈이 썩어나는 건가? 나는 그중에서 검을 뽑아 들었다.

'좋은 재료로 만들었네. 하지만 무기 중심이 엉망이야.'

검 자체는 화려하지만 장인의 실력이 기교를 따라가지 못했다. 검을 몇 번 손톱으로 탁탁 튕겨 본다.

'음, 제련은 잘했다. 하지만 관리를 못 해서 날이 상했어.'

손잡이에 먼지가 수북하다. 검은 휘둘러지지 않으면 의미가 없다. 이대로 이슬과 바람에 삭혀 봐야 검만 불쌍해진다.

'조금…… 놀아 줄게.'

발목이 시큰거린다. 강한 기술은 무리이지 싶고, 가벼운 검무 정도는 할 만하리라. 검 끝이 은빛 호를 그려 나간다. 콧노래를 부르며 느릿느릿 검 끝을 뻗어 나간다.

아버지가 그랬다. 검은 물과 같이 흘러야 하고, 불처럼 분노해야 한다고 했다. 그 뜻이 뭔지는 잘 모르겠다. 낮은 곳을 향해 흐르는 물처럼 검도 그리 흘러야 한다고 했다. 물은 결코 맞서지 않으며, 길을 찾아 흐른다고 했다. 그게 내가 가야 할 길이라고 했다.

'대공에게 검을 금지당했지. 만약 금지당하지 않았다면 더 높은 경지를 깨닫게 될까?'

검이 음표를 만들어 간다. 바람을 가르며 청아한 소리로 울었다. 오랜만에 움직이는 춤에 검도 좋아라고 호응한다.

검무의 끝, 나는 햇빛을 부쉈다.

채앵—

날이 바닥을 긁는다. 기분 좋은 소리. 왠지, 더 좋은 소리를 낼 수 있을 것 같았다.

'여기서 손목을 좀 더 꺾어서…….'

창!

이제 조금 마음에 드는 소리로 돌아온다. 그때 아리네스 경의 목소리가 들렸다.

"거기서 뭐하니, 무지카?"

무지카? 카이가 아니고?

놀라서 뒤를 돌아보니 무지카 경이 이쪽을 바라보고 있었다. 그리고 그 왼쪽에는 아리네스 경이 어이가 없다는 듯 나를 향해 말했다.

"카이, 넌 우리 선조님 무덤에서 뭐하는 거니?"

"무, 무덤요? 칼 꽂혀 있는……데요?"

"응. 우리 가문 전통이야. 묘비 대신에 써. 그거 우리 7대조 선조님께서 아끼셨던 검인데……? 힘도 좋다. 그걸 뽑았어? 몇백 년 박혀 있던걸?"

싸하게 소름이 돋아난다.

무지카가 나를 향해 손가락을 뻗었다.

"우리 가문을 모욕한 저년을 투옥해 칠주 칠야를 물도 주지 말고 굶겨라!"

"네, 네에?! 자, 잠깐만! 몰라서 그런 거라고요!"

기사들이 우르르 몰려와 내 팔을 하나씩 붙잡는다. 그가 작게 웃었다. 분노한 것치고는 꽤나 재미있어 보이는 얼굴이다.

"알테리온 가문에는 내 직접 서신을 보내겠다."

피도 눈물도 없는 새끼다. 다행히 아리네스 경 덕분에 일주일은 삼 일로 타협 봤다.

'알고 있지, 카이? 이거 영지 전쟁이 일어나도 모자랄 일이었어. 선조들의 무덤을 밟고 검을 뽑아 춤을 추다니. 왕께서도 이런 모욕은 안 해.'

몰랐잖습니까! 몰랐다고요! 사과한다고요!

그녀가 웃으며 말했다.

'그럴 거면 법이 왜 있어. 기사단에 연행되길 바라니? 괜찮겠어? 그러면 일이 더 커질 텐데?'

무지카. 악독한 새끼.

물론 내가 잘못하긴 했다. 그래도 칠주 칠야 동안 물도 주지 말고 굶긴다는 말은 죽으라는 말이잖아?

'안 죽어, 안 죽어, 카이 양. 시종들이 밥은 몰래 챙겨 줄 거야. 물론 모르는 척 넘어갔으면 되는 일인데, 무지카 그 녀석 내 동생이지만 좀 신경질적이어야지.'

뭐 감방에도 넣지 않았고 적당히 괜찮은 손님방에서 삼 일 정도 더 머물렀다. 덕분에 발목 삔 건 완전히 나을 수 있었다. 만약 돌아가서 대장간 일도 좀 하고 여기저기 돌아다녔다면 이렇게 빨리 낫지는 않았으리라.

'설마 그걸 계산한 건 아니겠지?'

설마하니 그 정도로 사려 깊은 녀석이라고는….

덕분에 방 안을 뒹굴며 심심해하던 나는, 벽에 걸려 있던 시계들을 전부 뜯어서 다시 조립하기를 반복했다.

그중에는 고장이 났는지 알람이 울리지 않는 것도 있어서 손도 좀 보고 그랬다.

시녀들은 그런 내가 신기한지 저택에 있는 각종 고장 난 기계류들이나 망가진 장신구들을 들고 왔고 덕분에 심심치 않게 시간을 보낼 수 있었다.

삼 일 만에 자유의 몸을 얻은 나는 그렇게 집에 돌아갈 수 있었다.

청안이 울며불며 무슨 일이었냐고 나를 끌어안았고, 무도회장에서 다리를 다쳤다고 설명했다. 창가에는 리버일 게 분명한 새카만 새 한 마리가 나를 보더니 고갯짓으로 인사하고 날아갔다.

결국 거래처는 찾지 못했지만 사교계에 내 이름은 알려지게 되었다. 레이디들 사이에서는 들어오자마자 숙적 하나를 처리해 버렸으니 어떤 의미로는 굉장히 무서운 년으로 낙인찍히겠지. 아니면 그냥 속아서 내가 억울하게 당했다고 생각해 주든가.

이 정도면 나쁘지 않은 소득이라고 생각했다.

그렇게 모든 게 끝났다고 생각했다. 그리고 무지카가 다시 찾아온 건, 초가을 추운 저녁쯤이었다. 그가 내게 부러진 검을 던졌다.

"고쳐라."

화로가 습기를 머금고 탁탁 소리를 냈다. 부러진 검에는
피가 묻어 있었다. 딱 봐도 되살리긴 그른 검이다.

화로보다 새빨간 머리카락으로 그가 내게 부탁했다.

"당장……."

그는 더 이상 말을 잇지 못했다. 그의 커다란 몸이 천천
히 무너져 내렸다. 놀라서 그를 끌어안는다.

그의 등에는 피가 진득하게 묻어나 있었다.

"이게 대체 무슨 일이에요?"

그는 대답하지 않았다. 다만 그의 몸속 깊은 곳에서 생명
이 꺼져 가는 소리가 들렸다.

Chapter 4

아이스 벨벳

1.

가을비가 체온을 빼앗았다. 차갑게 식어 가는 그의 몸을 붙잡고는 오열했다.

치료사를 부르고 싶었지만 그는 나를 붙잡는다. 절대로 밖에 알려져서는 안 된다고 몇 번이나 반복했다. 결국 청안의 도움을 받아 그를 내 침실에 눕혔다. 갖고 있는 지혈제로 붕대를 감았다. 전투용 포션을 꺼내 상처에 바른다. 그러나 좀처럼 듣질 않았다. 보통 이런 경우는 둘 중의 하나다. 독이나 저주.

독은 아닐 거다. 독이었다면 이미 죽었을 테니까.

"저주…인 건가요?"

"……."

그는 대답하지 않았다.

비싼 포션을 더 부어 봐야 소용없다. 나는 급한 대로 우산을 들고 밖으로 나갔다. 엘에게서 뭔가 약초라도 받아오지 않으면 안 되니까.

'엘도 안 되면 억지로라도 치료사를 부를 테니까!'

알려지고 자시고 일단 사람이 살고 봐야 하지 않나!

다행히 가게 문은 열려 있었고 위층에서는 인기척이 들렸다. 엘이 있는 모양이다. 또 여자를 끌어들이기라도 한 건가. 평소라면 그냥 돌아가겠지만 이번만큼은 어쩔 수 없다. 현장을 엎어 버리는 한이 있더라도 강행돌파다!

아주 그냥 들으라는 듯이 발소리까지 내며 올라갔다.

"실례하겠습니다!"

그러나 나는 뒷말을 잃었다. 엘이 두세 명 되는 남성들과 서 있었다. 모두 새카만 제복을 입고 있었는데, 눈까지 가리고 있어서 쌍둥이처럼 보였다.

"어라, 카이 양? 무슨 일이세요?"

그들에게서는 피 비린내가 났다. 그것도 굳기 전에 갓 흘린 혈향. 뭔가 또 위험한 짓을 하는 모양이야. 나는 어금니를 딱딱 부딪친다.

"저주를 풀 만한 약초 없나요? 그리고 지혈제랑… 그리고 또, 또!"

"……."

엘의 눈매가 부드럽게 호를 그린다. 좋은 조짐은 아니다. 이 남자가 아무 말도 없이 눈웃음을 치고 나면 늘 나쁜 일이 생기곤 했다. 그가 담배 연기를 뱉는다.

"그리로 갔나 보네요."

"네?"

"붉은 호랑이."

적호 기사단. 무지카가 있는 곳이다. 나는 단번에 그 말이 무지카를 뜻하는 거라는 걸 깨달았다. 그는 손을 뻗어서 근처 찬장에서 약병 몇 개를 꺼내다 건넸다.

"칼빵 맞은 데는 이게 와따입니다요."

"칼 맞은 줄은 어떻게 아신 거죠?"

내 질문에 그가 웃기만 한다. 마치 어느 동화에 나오는 사라지는 고양이가 이런 모습일까 싶다. 이윽고 그가 손을 뻗어 내 뺨을 쓸었다. 비를 맞아 차가운 뺨 위로 그의 따뜻한 손이 칼날처럼 스쳐 지나간다.

"제 친구들이 찔렸으니까요."

"…그게 무슨……."

"그에게 전하세요. 어리석은 짓 그만하라고. 누이가 걱정하고 있다고."

그는 거기까지만 말하고는 입을 다물었다. 뭔가 그의 말에는 거스를 수 없는 압력이 있었다. 나는 이를 으득 깨물고는 달려갔다.

더 이상 지체할 시간 따위 없었으니까.

2.

지혈을 하고 붕대를 갈았다. 안에 들어 있는 건 먹는 약하나, 그리고 바르는 약 둘이었다. 칼 맞은 상처에 좋다는 엘의 말이 진짜였는지 상처는 빠른 속도로 회복되었다. 거기다가 먹는 약은 잘 보니 저주 해제 포션이다.

역시나 자기 친구들이 찔렸다는 말은 거짓이 아닌 모양이다. 칼빵이야 찍어서 맞춘다고 해도 저주까지 안다는 건 찌른 놈이나 찔린 놈밖에 모르는 일일 테니까.

'돈 전부 청구할 테다!'

이래서야 밑지는 장사다. 그가 의식을 잃고 있는 동안 칼의 요모조모를 살폈는데, 아무리 봐도 되살리기는 그른 칼이었다.

우선 힐트의 이음쇠나 무게 균형이 완전히 망가져서 충격을 흡수할 수 없었고, 검을 이루는 금속 자체도 여러 금속을 합금한 거라 녹여서 재활용할 수 있는 성질이 아니다.

'단조인가?'

고전적인 열간단조법이다. 가열해서 망치로 두드리는 방식. 거기다가 합금을 단조로 들어가려면 압력을 고르게 입혀야 하는 데다가 녹는점과 끓는점을 정확하게 맞춰야 한다. 여기서부터는 재능이고 나발이고 얼마나 인내심을 갖고 실수 없이 반복해서 두드리느냐에 달렸다.

손톱으로 칼날을 통 두드린다.

금속이 나직하게 울며 내게 속삭였다.

'내마모성과 내열성, 경도…… 취성(脆性)이 조금 우려되지만 보통의 충격으로는 절대 부러지지 않아. 이 정도만 되도 충분히 명검이다.'

꾀부리지 않고 욕심 부리지 않고 그저 한 길만 곧게 간 장인의 인생이 담겨 있었다. 새삼 이 검을 무시했던 내 자신이 부끄러워진다.

'검을… 만들어 볼까?'

똑같은 검을 만든다는 건 불가능하다. 검은 살아 있는 생명과 같다. 그 날의 날씨, 장인의 컨디션, 그리고 철의 상태와 화로의 온도 하나에도 차이를 빚는다.

주조보다는 단조가 맞으리라. 마법 재료를 붓는다면 인성(靭性)이나 전연성(展延性)이 보강되기는 할 건데, 음, 그래도 공을 들이고 싶다. 그 장인에게 지고 싶지 않다는 생각이 들었다.

간호는 청안에게 맡겼으니 이다음은 내가 만들어야 한다. 상태는 나아졌다고 해도 그가 언제 깨어날지는 알 수 없다. 어째서 엘이 그 일에 끼어 있는지, 그가 왜 자신이 당한 걸 비밀로 해야 한다고 했는지도 나는 모른다.

그저 만들 뿐이었다.

창고를 열어 가장 질 좋은 눈꽃 연철 주괴를 집어 들었다. 그리고 함께할 건 역시 달빛 은철. 어렵게 얻은 귀한 재료다. 그래도 돈이 썩어 나는 마이어하트가의 꼬맹이가 아니던가. 이 정도 재료값을 못 대줄 놈들이 아니었다.

이번 리버와 대공의 합작이라고 할 수 있는 신형 화로가 불을 뿜는다. 풀무를 밟으며 가열한다. 키타나 수정을 용광로에 붓자 삽시간에 온도가 치솟는다.

키타나 수정은 키타나 산에서만 채굴되는 것으로, 철을 정화시키는 힘이 있다.

내가 할 짓은 보통 장인이라면 절대로 하지 않을 짓이다. 원래라면 두 철괴를 한꺼번에 넣고 녹는점에 맞춰 가열하겠지. 하지만 나는 그럴 생각이 전혀 없었다.

"아씨, 뭐하시는 것이옵니까?"

대장간에 연기가 올라오자 아니나 다를까 청안이 내려온
다.

"무지카는?"

"정신은 좀 들어온 것 같습니다만 도로 잠이 들었습니
다. 여기서부터는 체력이 판단하겠죠. 그나저나 아씨는 웬
검입니까? 그것도 두 자루나 만드실 생각이옵니까?"

"아냐아냐. 전혀 그럴 생각 없어."

청안이 고개를 갸우뚱했다. 나는 장난스럽게 미소를 지
었다.

"좀 도와줄래?"

3.

용광로를 부어 두 자루의 검신을 만들었다. 눈꽃 연철과
달빛 은철. 나는 그걸 극한까지 가열시킨다.

청안이 지루한지 턱을 괴며 묻는다.

"하암, 역시 두 자루가 맞지 않사옵니까?"

하품까지 뱉으면서.

나는 보란 듯이 두 개의 검신을 붙였다. 놀란 눈으로 청안이 바라본다. 그 상태로 두 검신을 접는다!

"으악! 아씨! 효율 떨어져서 접쇠 단조는 안 하신다면서요!"

"이번에는 하려고."

냉각수에 인어의 눈물을 집어넣는다.

사실 인어의 눈물은 액체가 아닌 고체다. 인어가 흘리는 눈물이 수정의 모습으로 굳는다고 한다. 이걸 다시 물에 넣으면 삽시간에 녹는데, 이 물을 사람이 마시면 십 년 동안 질병에 안 걸리고 물건에 바르면 그 물건은 영원히 녹슬지 않는다고 한다. 솔직히 말하면 나도 써 보는 건 처음이다.

이거 하나면 집 한 채가 아니라 집 세 채는 짓는다. 리버 지팡이 만들 재료 조금 꺼내다가 쓰는 거거든.

'아, 그러고 보니 지팡이도 마저 만들어야 하는데.'

매일 한 땀 한 땀, 조금씩조금씩 마법 회로를 새기고 있는데 좀처럼 진도가 안 나간다. 칼이 아니라 지팡이라니. 그런 무기를 내 생애 만드는 날이 올 줄은 몰랐다.

'집중, 집중.'

검신을 냉각수에 집어넣기가 무섭게 검날이 푸른빛을 띠기 시작했다. 인어의 축복이 걸리기 시작한 것이리라.

"청안, 이거 알아? 란돌프에게 배웠는데 대장장이들은

진짜 마법을 걸 수 있어."

"그게 무엇이옵니까?"

"검을 다루는 자가 부디 안전하기를 바라는 마음. 그리고 그 정성."

"네에?"

"진짜로. 만들 때마다 기원하면서 만들면 마법이 된다니까? 특히 나 같은 능력자가 기원하게 되면 같은 검도 더 남다르게 변한다고 했어."

내 말에 청안은 무슨 한참을 혼란스러운 표정을 짓는다. 하긴야 나도 처음에 듣고 말도 안 된다고 생각했으니까.

아무래도 마법사처럼 마법 주문을 외우는 것도, 그렇다고 마법 회로를 새기는 것도 아니고 그저 기원하며 두드리는 것뿐이라니.

"멈추지 않고 계속 마음을 담아 두들기면 된다고 했어. 계속해서 멈추지 않고."

내 망치질이 리듬을 찾아간다. 접고 두드리고를 반복했다. 서로 다른 성질의 철이 불과 물을 만나 단단해지고 다시 녹아내린다.

"기원 마법이네요."

"음?"

"일족들에게 전해 들은 이야기가 있습니다. 인간의 기원보다 강력한 주술은 없다고. 마법이란 기원을 인간의 언어로 표현한 것. 가장 강한 것은 인간의 기원, 즉 소망 그 자체라고요. 그렇다면 천 번이고 만 번이고 중첩된 그 소망은 어떤 형태를 띠게 될지 궁금하옵니다."

믿어 준다. 달빛 곰족 외에는 누구도 믿어 주지 않았던 이야기를 너무나도 가볍게 들어 준다. 그 신뢰에 왠지 눈물이 날 것 같았다.

"응. 조금만 기다려."

이제 남은 건 내 의지와 체력뿐이니까.

4.

탕, 탕, 타앙!

대장장이에게는 박자 감각이 중요하다. 힘을 조금이라도 덜 들이기 위해서다. 한번 리듬이 흐트러지면 다시 되찾기 힘들다. 내가 박치가 아닌 것에 감사하다. 내 심장 소리에 맞춰서 두드릴 수 있으니까.

타앙!

손목이 시큰거린다. 몇 번을 접었는지 기억나지 않는다. 두 개의 서로 다른 성질의 금속이 경계를 허물기 시작한다.

연성도 강도도 다르다. 이번에 받은 새 대장간 망치의 표면이 빛난다. 대장장이의 신, 토루스의 축문이 스파크를 낸다.

탕, 타앙!

이 세계에 인간의 기원, 소망보다 강력한 것은 없다. 마법에서는 이것을 사상(思像)이라고 부른다. 강한 기원은 반드시 이루어진다.

그들의 이론에 따르면 천 명이 같은 것을 믿으면 실제로 이루어진다고 한다. 기원은 신을 탄생시킬 정도로 강력하다.

마법사들은 믿는다. 신은 인간의 믿음이 만들었다고. 그리고 그게 신관과 마법사가 공존할 수 없는 이유.

탕, 타앙!

그 말이 진실인지는 모른다. 어릴 적 나는 이 힘을 딱 한 번 쓴 적이 있었다. 란돌프에게 준 내 첫 선물에.

손바닥만 한 글라디우스. 1kg에 50cm 조금 넘는 가벼운 단검 종류다. 조악한 철을 모아서 제대로 된 기술도 없이 만든 칼이다. 그럼에도 그때 그 검은 단 한 번도 부러지지 않았다.

칼은 염원이다. 소망이다. 욕망이며, 그렇기에 기원의 결정체다. 그리고 난 그 기원을 낳는다.

물에 넣고 다시 달군다. 그리고 두드린다. 이렇게 커다란 검에 비싼 재료를 넣고 기원을 담은 적은 없었다.

망치 소리가 천둥처럼 반짝였다.

'나는 어째서 이렇게까지 하는 걸까?'

모르겠다. 나는 그가 불편했다. 지금도 불편하긴 매한가지. 그럼에도 어째서 그를 염려하며 그가 안전하길 바라는 걸까? 단순히 내가 호인이라서?

'말도 안 되는 소리.'

탕!

나는 나를 잘 안다. 분명히 말해 악당은 아니다. 그러나 그렇다고 마냥 좋은 인간도 아니다. 원하는 것은 하고, 정당한 거래를 통해 얻어내지만 그 이상은 없다.

그게 장인이니까.

근육이 파열하는 걸 느낀다. 뼈가 삐걱거린다. 이래서 물레방아를 이용해 두들기는 대장간이 늘고 있는 거다.

아니면 마법을 이용해서 일정 간격으로 두들기는 고렘을 사용한다거나.

'그러나 그랬다가는 기원은 무용지물이 되겠지.'

근육이 계속해서 비명을 질렀다.

이 이상 달리면 무언가 내 몸 중의 일부가 망가질 것 같았다. 지독한 몸살 정도로 끝나지는 않을 거라고 내 몸이 신호를 보낸다. 그러나 멈출 수가 없었다.

한번 망치를 쥔 이에게는 신께서 시련을 내린다. 그리고 그 시련을 완전히 끝내기 전까지는 벗어날 수가 없었다.

탕, 탕, 탕, 콰앙!

잠을 자지 않았다. 마른 빵을 우유에 적신 정도로만 먹었다. 그 이상 먹으면 토하기 때문이다. 망막이 화로에 말라 계속해서 비명을 지른다. 대장장이들 중에는 시력을 잃은 이들이 많다. 이 뜨거운 곳에서 계속해서 불을 보면 사람은 끝내 시력을 잃게 된다.

알고 있었다. 반쯤 마물의 몸이라 보통 사람보단 늦을지도 모르지만 아마 언젠가는 나도 시력을 잃을지 모른다. 그때가 되면 나는 두 번 다시 망치를 쓸 수 없으리라. 철의 노래를 들을 수 없으리라.

내 안의 작은 카이가 속삭인다.

'그럼에도 왜 너는 멈추지 않은 거지? 왜 끝까지 싸우는 거지? 그게 독이 될 것을 알면서도.'

그 대답을 나는 모른다. 다만 그저 노력이라든가 하늘이 내린 재능 따위로는 결코 갈 수 없는, 소중한 무언가를 부숴야만 갈 수 있는 머나먼 이상향, 그것을 알고 있을 뿐.

부은 손끝에서 피가 났다. 장갑을 껴도 끝내 살이 갈라지고 만다. 아마 손톱이 깨졌으리라.

화로 끝, 어딘가에서 지옥을 보았다. 옛 대장장이들은 대장간은 지옥과 연결되어 있다고 했다.

이해가 간다. 가끔은 숨을 쉬는 것만으로도 폐가 탈 정도로 온도가 치솟곤 하니까. 그들 말로는 그렇기에 명인의 대장간은 악마가 엿본다는 이야기가 있었다.

악마가 대장장이의 귓가에 속삭이면 백 명이고 천 명이고 목숨을 앗아갈 수 있는 마검이 나오곤 한다고 했다. 그걸 막기 위해 대장장이의 신 토르스를 모신다고, 그리고 대장간에는 여성을 들이지 않는다고!

여성은 악에 물들기 쉽고, 그 자궁은 피안과 연결되어 있기에 그렇다고 한다. 그런 미신 때문에 내가 여태껏 싸워 오는 게 아닌가.

타앙!

망치가 스파크를 뿜자 환상이 사라진다. 역시 불꽃은 오래 쳐다보면 안 된다. 원하든 원치 않든 잡념이 들어가 버리니까.

내 마지막 호흡까지 담아 검을 접고 두드린다.

부디 이 검이 쓰일 일이 없기를. 그러나 결국 쓰여야 한다면 가장 날카로울 수 있게 도와주소서.

살의를 벨 수 있는 힘을 주소서.

탕, 타앙, 탕, 탕!

비가 끝나는 걸 보았다.

구름이 빛 사이로 갈라지는 걸 보았다.

새벽녘 숨결이 하얗게 피어오르는 걸 보았다.

망막 속에 까만 점이 보였는데 그게 사라지지 않아 고생했다.

두 개의 금속이 마침내 몇만 겹을 이루며 융합하는 걸 보았다. 두 개의 검이나 하나. 화염 속에서 검이 맥동하는 것을 보았다.

땀이 열기에 못 이겨 증발하는 것을 보았다. 바람도 없이 잔잔한 낮, 민들레 씨앗 하나가 대장간 안으로 들어왔다. 대체 어떻게 들어온 걸까.

손톱이 빠졌다. 새끼 쪽은 다 빠지지 않고 달랑달랑거렸는데 결국 손으로 뽑았다. 귀찮다.

청안이 비명을 질렀다.

그리고 마침내. 마침내… 검을 인어의 눈물 속에 하루 종일 담갔다.

반나절 동안의 휴식.

일어나면 날을 벼려야 한다. 평소라면 회전식 숫돌을 쓰겠지만 이건 검신 자체의 강도가 남다르다. 그냥 숫돌, 그것도 극한까지 예리하게 다듬을 생각이다. 손잡이는 미리 만들어 둔 게 있는데 그중에서 고르면 되려나?

그리고 그렇게 새벽녘, 검을 완성하고야 말았다.

5.

길이 80cm 브로드소드.

손잡이 부분은 바스켓 힐트로 만들었다. 새하얀 나무덩굴이 손잡이를 감싸 주인의 손등을 보호한다.

건틀릿을 착용할 필요가 없을 정도로 힐트에 신경 썼기 때문에 맨손으로도 편히 뽑을 수 있다.

베기용 양날검이자 또한 군사용 중검(heavy military sword).

격식 있는 곳에도 쉽게 가져갈 수 있도록 조금 화려하게 만들었다.

말 위에서도 사용할 수 있도록 고안했는데, 군사용 중검 특성상 다루기 쉬운 검은 아니다. 그래도 적호 기사단장 정도면 나보다도 더 잘 사용하겠지.

나는 혈조에 내 이름, 카이를 새겼다.

마지막으로 페어리더스트를 뿌려 마무리한다. 새벽녘 검

을 달빛에 비춘다. 칼날 표면 위로 눈송이가 아로새겨져 있다.

눈꽃 연철을 가열해 단조하다 보면 생기는 성질이다. 정확히는 물에 급랭할 때 칼날 표면에 기이한 문양이 떠오르는데 그 모습이 눈송이와 같기 때문이란다.

나는 검을 들고 크게 한숨을 내쉰다. 그러고는 화강암 바위를 향해 힘껏 휘두른다.

눈꽃 연철 특유의 은빛이 어둠 속에서 별빛처럼 부서진다.

서컥!

마력도 담기지 않은 검이 화강암을 벤다. 그럼에도 불구하고 칼날은 상하지 않는다. 예리한 칼일수록 날의 마모가 심한 법인데 이건 그렇지 않았다. 단단하며 예리하다. 그야말로 검으로서 가질 만한 극의.

'완성…인가?'

무지카는 이제 걸을 수 있는 수준까지 회복되었다. 할 이야기는 많았지만 이걸 전해주고 싶어 아무 말도 나누지 못했다.

나는 그가 처음 건네준 부러진 검을 달빛에 비추어 보았다.

이 검은 결국 주인을 지켜내지 못하고 부러졌다. 하지만 내가 만든 이 검이라면 주인을 지켜 주리라.

검의 이름을 정했다.

'아이스 벨벳.'

눈처럼 부드럽고 얼음보다 치명적이다.

검의 이름까지 마저 적고는 거실 선반에 그의 부러진 검과 내가 새로 만든 검을 모두 놓았다. 이대로 잠이 들면 최소 삼 일은 내리 자리라. 아니면 끔찍한 몸살로 한 달은 몸져눕든가.

완성했다는 안도감이 일자마자 극도의 피로가 밀려온다.

눈앞이 따끔따끔하다.

내일 속이라도 쓰리지 말라고 우유 한 모금 겨우 삼키고는 잘 곳을 찾아…….

'아, 맞다. 내 침대는 무지카가 쓰고 있지?'

그동안 대장간에 딸린 딱딱한 간이침대에서 쪽잠을 자느라고 잊고 있었다.

몸이 비명을 지른다. 지금 당장 자지 않으면 쓰러질 거다.

결국 손도 씻지 않고는 그대로 소파에 누웠다. 아침이 되면 청안이 깨워 주겠지. 침대는 그때… 바꾸면 되리라.

꿈을 꿨다. 새하얀 식탁 위에는 황금이 산처럼 쌓여 있었다. 무지카는 내 검을 들고 한참이나 황홀한 듯이 바라보았다. 그의 검 끝 위로 눈송이가 피어올랐다. 그의 불꽃 같은 머리카락과는 대조되는 모습이었지만 그렇기에 더욱더 어울린다는 생각이 들었다.

그는 내게 포도주를 따랐다.

포도주는 쇳물이 되어 끓어올랐다. 쇳물 위로 불꽃이 피어오른다. 그가 내게 속삭였다.

'고마워.'

그 미소가 왠지 기뻐서, 가슴 한편이 부드러워져서 그 쇳물을 삼켰다. 혀가 녹았다. 목구멍 안으로 불이 피어올랐다. 아팠지만 왠지 아프지 않았다.

꿈결과 현실의 사이에서 누군가가 내 손을 잡아 주었다. 손마디가 굵고 단단했다. 손에서는 잘 말린 오크나무 향기가 났다. 나는 그 손을 끌어안고 냄새를 맡았다. 오크나무 향이 나는 또 다른 손이 내 머리카락을 넘겼다. 그러고는 내게서 멀어졌다.

아쉬웠지만 그대로 다시 잠에 빠졌다. 닳아서 텅 비고 남은 내 안을 채우려는 듯 내 몸은 끊임없이 수면을 요구했다. 자고 또 자고를 반복했다.

열이 몇 번 오르내렸던 게 기억난다.

청안의 모습이 깜빡깜빡 나타났다 사라진다. 망막 안쪽

에 까만 점이 자꾸 보여서 힘겨웠다. 아니, 눈 자체를 뜨기 힘들었다. 꿈속에서 꿈을 꿨다. 꿈속의 나는 계속해서 잠을 잤다. 현실과 다를 바가 없었다.

물속에서도 자고 불 속에서도 잤다. 어딘지 모를 곳에서도 잠을 잤다.

식은땀을 흘렸다. 이불이 축축하고 목이 아팠다. 갈라진 목소리로 청안을 부른다. 청안이 비명을 지르며 내 머리에 찬 수건을 댄다. 약을 먹고는 다시 자기를 반복했다.

이래서야 어른들이 말하는 산후조리와 다를 게 없다.

칼을 낳아도 이렇게 힘든데 진짜 애를 낳으면 얼마나 더 힘이 들까.

그런 생각도 잠시, 나는 또다시 잠에 빠져들었다.

얼마나 시간이 지났을까?

잠 속에 빠져드느라 시간 개념 따위는 잊은 지 오래다.

눈꺼풀이 힘겹게 올라간다. 눈 속에 보이던 새카만 점도 없어졌다. 시야가 훨씬 밝다. 커튼이 바람에 부풀어 오른다. 한낮이다.

청안을 부를까 하다가 말았다. 몸이 훨씬 가벼워졌기 때문이다.

"아, 살 것 같다."

다음번에는 무턱대고 욕심대로 만들지 말고 체력을 계산해야겠다.

차라리 며칠 지체되고 말지, 이렇게 몸 망가지면서 무슨 부귀영화를 누리려고.

문을 여니 그 소리를 들었는지 청안이 귀신같이 올라온다.

"아가씨! 몸은 괜찮으세요? 좀 더 누워 계시지 그랬어요."

"응, 괜찮아. 이제 가벼워. 시간이 얼마나 지난 거야?"

청안이 손가락으로 날짜를 꼽아본다.

"오늘로 정확히 삼 주를 꼬박 누워 계셨어요. 맙소사, 큰일 치르는 줄 알았다고요! 치료사님은 그냥 과로로 인한 몸살이라는데 과로라는 게 보통 이렇게까지 힘든 건가요? 인간은 대체 얼마나 연약한 생물인 거죠? 아가씨 반쯤 마물이시라면서요! 보통 사람보다 체력이 강하신 거 아닌가요?"

그 말을 들으니 어쩐지 무안해지잖아.

"그냥 음, 보통은 이 지경이 될 때까지 일하진 않지. 그리고 이런 몸으로도 한계였던 모양이야."

"다음부터는 조심하세요, 아가씨. 매번 픽픽 쓰러지면 어찌 살라구요."

"하지만 이번에는 자신작이었다고! 혼을 부어서 만든……."

문득 1층 식탁, 내 검이 보였다. 홀로 덩그러니 놓여 있는 내 아이스 벨벳.

"맙소사! 이거 내가 완성한 거 몰랐던 거야? 일부러 잘 보이는 곳에 놔뒀는데!"

달려가서 아이스 벨벳을 집어 들었다. 손때는커녕 검집에서 한 번도 꺼낸 적이 없다. 문득 부러진 칼이 있는 곳을 봤는데 그건 없었다. 그 말은 즉, 들고 갔다는 거다. 부러진 검은 들고 가고 그것보다 더 좋은 내 검은… 왜……?

"무슨 일이라도 생겼던 거야?"

내 질문에 청안의 귀가 부채처럼 팔락인다. 이건 분명 곤란한 대답을 할 때 하는 행동이다.

"정확히 말해 줘, 청안. 진실을 원해."

"으… 그게 말이죠. 아가씨."

"어서!"

내 명령에 청안은 한참을 주저하다가 결국 진실의 상자를 열었다. 처음 이 검을 보았을 때 그는 홀린 듯 한참 동안 손끝으로 힐트를 쓸었다고 했다.

'그러니까, 못 고친 거군.'

'주인님 말로는 그 정도로 부러진 검은 다시는 못 살린

다고…….'

'…그러면 필요 없다.'

그는 그 말을 남기고는 나를 소파에서 침대로 옮겼다.

이제 이 집을 떠나겠다는 의미였다.

그는 짐을 챙기고 돌아갔다. 내 검 대신 부러진 롱소드를
들고서.

말을 듣고 나니 주먹이 떨렸다. 이 검은 내 모든 노력이
담겨 있는 것이었다. 그를 지키기 위해 내가 담아낸 염원
같은 거였다. 나도 모르게 수명이라도 바쳤을지도 모르겠
다고 생각하며 만든 검이었다. 그걸 그는 무시했다.

단 한 번도 사용하지도 않고.

"대체 왜?"

"그 검이 아니면 안 되니까요!"

"어째서!"

"그건 모르겠습니다. 저도… 아무튼 아씨께서 솜씨가 모
자라다고 판단한 건 결코 아니옵니다! 그 이후로 새 검을
맞췄다는 이야기는 없었으니까요."

"그러면 그 부러진 검을 들고 다닌다는 거야?"

청안의 귀가 풍랑 만난 배처럼 까딱까딱 흔들린다. 이윽
고 탄식을 뱉어내고야 만다.

"네……."

이해할 수 없다. 도저히 내 상식으로는 알 수 없다.

검은 주인을 지키기 위해 있는 물건이다.

검을 다루는 자들은 때에 따라서는 살기 위해 누군가를 죽여야 하고 그 선택을 보다 쉽게 해 주는 게 바로 칼의 역할이다. 그러나 부러진 칼은 아무것도 선택해 주지 못한다. 그리고 다음번엔 시체로 보겠지.

홧김에 검을 집어 들었다. 그러고는 문밖으로 성큼 나선다.

"아씨! 어디로 가시옵니까!"

"어디로 가긴. 그놈 면전에 던져야지."

"무, 무슨…… 불가능합니다, 아씨!"

"말리지 마! 경비대에 끌려가는 한이 있더라도 이걸 던져놓고 말 테니까."

청안이 내 옷자락을 붙잡고는 바둥거린다.

"그, 그런 게 문제가 아니옵니다! 그 사람 여기 없다고요."

"뭐?"

"시서펜트를 잡으러 갔다고요."

시서펜트를 왜? 그런 건 보통 군대 단위로 출병한다.

그렇게 수백 명이 출병해도 잡기 어려운 놈이라 보통은

시서펜트가 해안에 출몰해서 도시에 거대 해일이라도 일으키지 않는 한 잘 나서지도 않는다. 그것도 반드시 인구가 밀집된 대형 도시급이여야 한다. 마을 괴멸 정도는 무시한다.

내가 쓰러진 사이에 무슨 일이라도 일어난 건가?

이윽고 청안이 말했다.

"서른 명이옵니다. 최측근 서른 명을 데리고 가서 죽이고 오라는 어명입니다."

"천년왕이 직접 명령을 내렸다는 거야? 삼백 명이 가도 못 잡을 것을 고작 서른 명으로? 그것도 부러진 검을 가지고?"

청안의 눈이 가라앉는다.

"네. 아가씨… 출발한 지는 오래되었습니다. 그러니까 쫓아가도 이미……."

이건 세 살 먹은 어린아이라도 알 수 있는 아주 고상한 의미의 자결 명령이었다. 그리고 무지카는 빌어먹게도 그 명령을 받아들여야만 했다.

나는 검을 천으로 단단히 포장한 후 여행용 가방을 어깨에 걸었다. 청안이 그런 나를 말린다.

"아가씨! 어디 가시려고요!"

"청안은 혹시 모르니까 우리 대장간 좀 봐줘. 손님 올 수도 있으니까. 난 마이어하트의 바보를 쫓아갈 테니까."

"우리 가게는 원래 손님 없잖습……." 말을 하다 말고 청안은 내 눈치를 본다. "……아, 아무튼 말을 타고 잠 안 자고 달려도 쫓아가는 건 무리입니다. 순간 이동 마법사를 찾아도 그쪽 지역은 시서펜트로 인해 좌표가 불안정한 상황이고요."

그래. 거기다 그런 마법사를 쓸 돈도 없지. 그래도 적어도 내 주변에 엄청나게 빠른 탈 것을 가진 인간이 누군지는 알고 있다. 그리고 그 인간은 내게 빚을 매우매우매우 많이 지고 있지.

평생 그 탈것을 빌려 써도 모자랄 만큼.

"가게를 부탁해!"

등 뒤로 청안의 비명이 들린다. 그러거나 말거나 나는 달려갔다. 부러진 칼을 벗 삼아 자살하러 가는 그 자식에게 죽빵이라도 날리지 않으면 성이 안 풀릴 것 같았기 때문이다.

6.

어느 한가한 오후, 엘은 홍차를 들이켰다. 오늘은 손님도 없고 날씨는 좋았다. 담배나 한 모금 빨면서 느긋하게 지내는 게 좋으리라. 아끼는 티세트에 찻잎을 띄우고 물을 끓이려는 찰나, 한 불청객이 팔을 십자로 교체하고는 그대로 창문을 향해 돌진했다.

쨍강!

그래, 그게 나다. 바로 나.

나는 그대로 바닥에 세 바퀴 구르고는 벌떡 일었다. 엘이 오랑캐 만난 백성마냥 끼아악 비명을 지르며 달려 나간다.

"메롱이."

"카이 양, 이, 이게 무슨 짓입니까아아! 지난번에 박살 낸 창문도 겨우 수리해 놨더니 또 부수러 오시다니요오!"

닥쳐! 그때 박살 낸 창문은 댁이 날 빚으로 팔아 버리고 야반도주하려던 참이어서 그런 거잖아! 그리고 뻔히 안에 있으면서 누가 문 잠가 놓으래.

나는 달리는 엘의 뒤꿈치에 로우킥을 날려 쓰러뜨린다. 엘의 몸이 볼품없이 바닥을 구른다. 나는 그의 멱살을 붙잡아 탈탈 턴다.

"메롱이 좀 빌려줘요!"

"······뇨롱이겠죠."

"아······!"

"아무리 그래도 너무하십니다. 귀한 제 애완용의 이름조

차 모르는 자에게 어찌 빌려줄 수 있단 말입니까!"

"닥쳐! 댁은 이름도 잘 아는 나를 왜 자꾸 사지에 밀어 넣어 왔는데!"

"사랑하니까?"

쿠어어억, 이 자식 내가 잡아다가 장을 담가 버리겠어!

내가 붕붕 휘두르는 주먹을 엘은 얄밉게 피하며 내 뒤로 빠져나갔다. 바퀴벌레가 형님이라 부를 만큼 기민한 움직임에 나는 그대로 뒤를 내주었다. '앗' 하는 사이에 그는 내 등에 걸린 비단뭉치를 풀어 검을 꺼냈다.

"호오, 카이 양. 검 안 쓰시기로 한 거 아닌가요?"

"제 검 아닙니다. 주인한테 전해줘야 해요."

엘이 검을 뽑아든다. 마치 칼밥 오래 먹어온 늙은 검객과 같은 솜씨였다.

은색 칼날 위로 눈송이가 그의 눈동자를 반사한다. 그는 그 무늬를 황홀한 듯이 바라보았다.

"와, 기원을 담은 검이라니. 오랜만이군요."

뭔가 알고 있는 건가, 이 인간. 그가 말을 이었다.

"칼 자체에 기원을 담아서 박아 넣은 검 말입니다. 신수들이 만든 것들은 봤어도, 카이 양 같은 재능을 가진 이가 만든 건 차원이 다르군요."

그는 칼날을 여러 방향으로 돌려 보았다.

"인간도 신수도 이 칼에 깃든 힘을 흩어 버릴 수 있는 이는 단 한 명도 없을 겁니다. 괜찮았어요, 카이 양? 기원 마법은 오래된 주문이라고요? 기적의 영역이에요. 몸이 많이 상했을 텐데."

"그냥 한 가지 기원을 갖고 열심히 만들면 칼에 기적이 담긴다고만 들었어요. 저도 자세한 건 몰라요."

그의 얼굴이 순식간에 내 눈앞에 닿는다. 키스라도 할 것 같은 거리. 상대는 알타미르 최고의 난봉꾼이다. 방심은 금물, 또다시 입술을 빼앗길까 싶어서 고개를 뒤로 물린다.

"뭐, 신수든 인간이든 평범한 사람이라면 이게 마법급으로 각인되지는 않겠죠. 하지만 카이 양은 철과 너무 상성이 좋으니까요. 재능이 될지 재앙이 될지는 모르겠지만… 음… 카이 양 정도 되는 재능을 가진 분이 그런 능력을 자주 사용했다가는……."

그는 칼날에 자신의 손가락을 슥 문지른다. 새빨간 피가 눈꽃 위로 쌓였다.

"…그냥 지독한 몸살 앓고 삼 주 내내 죽은 듯이 잠들어 있는 정도로는 안 끝날 겁니다."

마치 그간 내 행동을 읽기라도 한 것 같았다. 그는 베인 상처를 혀로 핥았다. 언제 그랬냐는 듯 그의 상처는 완벽하게 아물었다.

그가 깨끗해진 손가락으로 내 입술을 쿡 찔렀다.

"그러면 이 어마어마한 검은 누구를 위해 만든 거죠? 연모하는 사람?"

손가락의 압력을 이겨내며 힘겹게 입술을 열었다.

"전혀요. 그냥 의뢰주예요."

"그냥 의뢰주에게 이런 검을 만들어 준다고요? 카이 양 금방 죽겠네요. 매번 이런 칼 만들고 픽픽 쓰러지면."

그는 쥐를 갖고 노는 고양이처럼 능글거렸다. 저 인간에게 넘어갔다가는 끝도 없다.

"그냥, 마침 의뢰도 했고 불쌍해서 만들어 줬어요."

"그러면 그 사람에게 검을 전해 주려고 가는 거겠군요. 그리고 굳이 이 시간에 뇨롱이를 부탁할 정도면 말로 달려서는 못 따라잡을 만큼의 멀리 있는 사람. 거기다가… 음, 순간 이동 마법으로는 못 가는 곳으로 향한 사람?"

윽, 이미 모든 걸 간파당했다. 그는 열쇠를 쥔 도둑처럼 건들거렸다.

"그 사람 곧 죽을 텐데요?"

"안 죽어요. 제 검은 무적이니까."

내 당돌한 말에 그가 웃었다.

"무적인지는 모르겠지만 적어도 부러진 칼보다는 낫겠네요."

그는 그제야 내 입술에서 손을 뗐다.

"그럼 같이 가죠? 뇨롱이는 제 말밖에 안 들으니까요."

그래 주면야 감사하지만 너무 순순히 허락하니 뭔가 수상하긴 하다. 그때 깨진 창문 밖에서 새카만 고양이가 야옹 울었다. 나는 단숨에 그 고양이가 누구인지 깨달았다.

"저기 저 고양이도 같이 갈 거예요!"

"호오, 카이 양, 언제부터 애완동물을 키우셨습니까?"

"댁도 뇨롱이 키우잖아!"

"그러면 저 애 이름이 뭔데요?"

실수로 리버라고 대답할 뻔했다. 목구멍까지 이름이 걸린다. 이윽고 엘이 화사하게 웃었다.

"빙구라고 부르죠. 빙구! 와! 빙구 좋다!"

그 말이 끝나기가 무섭게 리버의 털이 고슴도치처럼 곤두섰다.

키야아악!

"빙구, 가자. 빙구!"

샤아아악!

아, 좀 닥치시지.

리버, 제대로 화났다.

7.

분노하는 리버를 어깨에 걸치고는 뇨롱이의 몸에 올라탔다. 그냥 원래 모습으로 변해도 좋을 걸, 굳이 고양이로 변한 이유는 뭘까.

'뭐, 엘과 직접적으로 만나기가 싫은 건가.'

굳이 정체를 까발리지는 않았지만, 엘이 빙구라고 부를 때마다 발톱을 세우는 건 좀 참아 줬으면 좋겠다.

'저러는 걸 보면 리버의 정체를 알고 놀리는 거 같기도 하고 말이지.'

잡생각은 그만, 저 능구렁이 같은 인간 페이스에 말려들어 갔다가는 본전도 못 찾는다. 나는 그냥 얼굴에 철판을 깔고 애완 고양이 리버를 가방 안에 억지로 집어넣었다. 그냥 둘이 서로 안 만나는 게 좋겠다 싶다.

리버도 내 마음을 읽었는지 순순히 가방에 들어가 줬다.

"보통이라면 활주해야겠지만, 지금은 사람이 많은 시간이니 어쩔 수 없네요."

엘이 뇨롱이의 목을 손으로 탁탁 치자 그걸 신호로 뇨롱이는 힘껏 피막을 펼쳤다. 그러고는 산이라도 무너뜨리듯 날개를 크게 휘둘렀다. 굉음이 고막을 흔든다. 도움닫기도 없이 뇨롱이의 몸이 단숨에 치솟아 올랐다.

압력이 내 어깨를 누르는 것도 잠시, 곧바로 해방감이 가슴을 감싼다. 바람에 머리칼이 부풀어 오른다.

엘은 뇨롱이의 목을 쓰다듬었다. 드레이크는 평생 단 한 명의 주인밖에 섬기지 않는다고 한다.

체구가 커지면 커질수록 점점 더 흉폭하게 변하는데, 때때로 주인을 못 알아보고 잡아먹는 일도 허다하다.

특히 전쟁 직후 공복 때가 가장 위험한 순간이기에 주인들은 전쟁 전에 양 다섯 마리를 잡아 드레이크에게 먹인 후에도 전쟁 중간중간마다 육포를 먹인다. 그러나 그런다고 말을 들을 드레이크가 아니다.

전쟁 중간에 적군을 잡아먹기도 하는데, 그런 식으로 사람 고기 맛을 알아 버리면 그나마 길들인 것도 허사가 된다.

상위 드레이크 중에서는 조악하게나마 아크 드래곤의 브레스를 흉내 내 쏘기도 하는데, 불부터 번개까지 종류도 다양하다. 위력은 어지간한 5서클 마법에 필적하다고 한다.

이 정도 몸집의 드레이크라면 브레스 정도는 쏠 수 있겠지.

거기다 엘은 뇨롱이에게 육포를 주지도, 비행 전에 음식을 따로 챙겨주지도 않았다. 그저 날다가 소나 양 떼가 보이면 한두 마리 약탈을 시키거나 때때로 야생 몬스터를 잡아먹게 하는 게 전부다.

'참 말 잘 듣는데 말이지.'

분명 강한 드레이크일수록 더 난폭하다던데 무슨 수로 길들인 걸까?

'그는 자신에 대해 잘 말하지 않으니까.'

그는 속눈썹을 내리깔고 느긋하게 연기를 들이켰다. 그러고는 입가를 휘어 나를 향해 미소 짓는다.

그는 늘 웃는다. 화내는 것을 본 적이 없었다.

"검의 주인을 지켜 달라, 고작 그런 기원을 가지고 그만한 검을 만들다니. 미쳤네요."

"고작 그런 기원이라뇨? 만들 때 얼마나 심각했는지 아십니까?"

"기원(祈願), 다른 말로 비원(悲願)이라고 부르기도 하죠. 비장함을 담았다는 의미에선 비원이라는 말이 더 정확하겠네요."

그는 담뱃대에서 입술을 뗐다. 그의 목소리가 나긋나긋 공기를 적셨다.

"적어도 내 딸을 간살한 놈에게 복수를 바라는 아비의 마음이나, 전쟁 속에서 마지막 남은 철괴를 달구는 대장장이의 마음보다는 평범하겠죠. 원래부터 비원이란 인간의 단말마라고 합니다. 자신의 모든 영혼을 걸어야 가능하죠.

한번 그런 비원이 깃든 검을 만들고 나면 대개의 대장장이들은 두 번 다시 검을 만들지 못합니다."

어째서? 내 마음 속 질문에 화답하듯 그는 말을 이어 나갔다.

"그보다 더 좋은 물건을 만들 자신도 없고, 이미 자신의 모든 것을 다 줘 버렸기 때문에 새로 무언가를 시도할 엄두가 나질 않는 겁니다. 그렇게 나온 무기는 마검이나 성검이 되어 대륙을 떠돌게 되는 거죠."

그렇구나. 더 이상 무언가를 만들지 못한다는 건 어떤 기분일까.

"어때요, 카이 양. 그거 만들고 나니 더 이상 다른 검은 만들기 싫어지지 않으세요?"

"아뇨. 지팡이 만드는 의뢰도 해야 하고……."

"그래서 카이 양은 재미있는 사람이라는 거죠. 음, 이 재능이 인류를 구원할 구세주가 될지, 끝없는 전쟁의 업화를 일으킬지는 궁금하군요."

드레이크의 날개 끝이 구름에 닿는다. 밀도 높은 구름이 뇨롱이의 피막 사이를 파고든다. 비구름 때문인지 소매가 축축해진다. 엘은 연기를 뱉는다. 그의 입에서 꽤 복잡한 술식의 마법이 이어진다. 흥얼거리는 목소리가 노래를 부르는 것 같다.

보호 마법이 가볍게 나와 그를 감싼다.

비구름에서 새벽이슬 맛이 났다. 비강부터 혀뿌리까지 구름이 만들어 낸 이슬로 가득 찼다.

맑은 습기를 삼키며 그에게 답했다.

"그렇게 대단한 건 아닙니다. 그냥 검을 만드는 것뿐인걸요."

"인간은 길어야 백 년을 살지만 명검은 천 년도 넘게 살아갑니다. 카이 양의 손이라면 아마 만 년도 거뜬히 살아갈 수 있겠군요. 쓰기에 따라서는 어떤 드래곤이나 어떤 신보다도 인류사에 오랫동안 족적을 남길 테죠. 그래요, 어쩌면 이 세계가 끝난 그 다음까지도요."

엘의 뒷말은 내가 미처 생각지 못한 부분이었다.

"그만한 검을 마이어하트가의 반골이 쥐게 되었으니 한동안 시끄럽게 되겠군요."

"네?"

"어딜 가나 밝은 부분이 있다면 어두운 곳이 있기 마련이죠. 천년왕국의 어두운 부분 정도는 카이 양도 직접 경험해 보셨잖아요?"

네발로 기는 사람 형상의 짐승을 보았다. '그것'은 내가 잘 알고 있는 사람의 얼굴을 하고 있었다. 하나는 둘이 되고, 둘은 넷이 되고, 넷은 여덟이 되었다. 축축한 수로를 무작정 달렸다. 발 아래로 이끼가 비명을 질렀다.

수로의 중심부, 달빛에 십자로 갈라지는 그림자 가운데 엘은 유령처럼 서 있었다.

연쇄살인 혐의로 엉뚱한 자가 잡혀갔다.

과거 어린아이를 성폭행하고 부녀자를 살인했던 자였다. 그러나 그는 귀족이었고, 그가 죽인 이들은 평민이나 노예였다. 옛날 그가 몇 번이나 풀려났던 건 계급사회에서는 당연한 일이었다.

어떤 영지에서 평민은 시민이 아니라고 했다. 여자도 시민이 아니라고도 했다.

둘이 합쳐졌으니 피해자들은 인간이 아니었다. 평민 여자는 군마보다도 가치 없는 존재였다.

그런 자가 과연 프로스트 자작을 죽일 정도로 배짱이 있는지 의문이었지만, 이번에는 피해자가 귀족 남성이다.

이참에 잡혀갔으니 잘됐다고 생각했던 기억이 난다.

엘이 말했다.

"그 연쇄살인마가 진짜 범인이 아닐 거라고 생각하는 이가 있었죠. 그리고 순수한 정의감과 약간의 통찰력만으로 제국의 심연 속으로 파고들려고 했습니다."

그는 어린 아이에게 동화책 읊듯 말을 이어나갔다.

"그가 하는 일은 이 왕국의 평화를 지키는 일이었으니까요. 그게 정의니까요."

무지카, 무지카 마이어하트.

나는 눈썹을 슬쩍 찌푸렸다.

"그래서 그는 칼을 맞은 겁니까?"

"심연을 오랫동안 들여다보면 심연 역시 그를 보게 되는 법이지요."

"그게 그가 이 말도 안 되는 임무를 맡게 된 이유입니까?"

엘이 고개를 까딱거린다.

"이 정도도 꽤 온화한 죽음입니다. 그의 누이인 아리네스 양이 얼마나 무리해서 그를 구하려 했는데요. 심연은 꽤 깊답니다, 카이 알테리온 양. 당신이 매일 빵을 먹고, 수돗물을 마시고 이 부조리한 계급 제도의 세계에서 전쟁 걱정도, 치안 걱정도, 강간 걱정도 없이 홀로 무기를 만들기 위해 얼마나 많은 사람이 희생되었는지 생각해보셨는지요."

"어둠은 반드시 필요하다고 말하는 겁니까?"

"무릇 한쪽에만 기울어진 국가는 절름발이가 되고 마니까요. 과거 제국이 가장 찬란했던 시절 아스트레아 대제께서 그렇게 정의와 평화만을 추구하다 어떻게 되었죠?"

몰락했지.

"알타미르 왕국은 다르다 말하시는 겁니까?"

내 질문에 그는 광대처럼 흥얼거렸다.

"글쎄요. 그건 천년왕 전하만이 아시는 일이겠죠?"

그 말에 그만 투덜거리고 만다.

"아무도 못 만나는 천년왕 따위."

옛날에는 그래도 연말 행사 때는 모습을 드러냈다는데, 지금은 그나마도 없다. 그의 초상화나 조각상이 없어진 지도 오래고, 그의 근처에는 장님이나 벙어리, 귀머거리 시녀들만이 그를 보필한다고 한다.

왕국 내에서야 천년왕의 존재를 의심하는 이가 없지만 당장 옆 나라들 학자만 하더라도 사실 천년왕은 알타미르에서 내세운 종교의 대안일 뿐 실존하는 인물은 이미 예전에 죽은 게 아니냐고 말하기까지 했다.

엘이 물었다.

"꽤 전하께 불만이 많으신 모양입니다요?"

"저야 뭐, 이방인일 뿐이니 뭐 할 말이 있겠어요."

"말씀해 보세요. 내 말하는 걸 허락해 드리죠."

무슨 본인이 천년왕이라도 되는 양 말한다. 그럼에도 이 은발 광대가 내뿜는 기백이 묘하게 사람의 마음을 술렁이게 했다. 그 분위기에 결국 나도 모르게 목소리를 가다듬고 만다.

"불만이랄 게 뭐 있겠어요. 제국에서 떨어져 나와 가장 발전한 곳이 이곳이잖아요. 그래서 본인도 왕이라고 당당히 내세운 거고. 다른 영지도 여기가 왕국이라는 데에 불만 갖는 곳도 없고."

"그래서요?"

"이러니저러니 해도 여기만큼 평화로운 곳도 없으니까요. 내가 있던 알테리온 영지도 평화롭긴 매한가지였긴 했는데, 그건 우리 아버지, 아니 우리 영주님과 소영주의 능력이 이미 인간의 경지를 벗어난 데다 영지 다 뜯어 봐야 얻어낼 건 쥐뿔도 없고 그에 비해 몬스터는 왕창 많은 동네라 그런 거고요."

뭐, 최근에 은광이 발견되긴 하지만 이건 예외로 치자.

"호오, 대체 무슨 말을 하고 싶어서 그렇게 서두가 장황하실까."

"장황할 거 없어요. 그냥 고맙다고 말하고 싶었어요. 밝은 곳이든 어두운 곳이든 고맙다고."

내 말에 엘이 과장스럽게 눈을 동그랗게 떴다.

"고마워요? 죽을 뻔도 했잖아요?"

"그랬죠. 그때 일을 생각하면 치가 갈려요. 하지만 아무도 희생당하지 않는 미래를 꿈꾸기에는 제 직업이 대장장이잖아요. 그것도 농기구가 아니라 칼을 만드는."

나는 대체 무슨 말이 하고 싶은 걸까. 제대로 전해질지는

모르겠지만 그래도 가슴에 품고 있는 말을 입 밖으로 꺼내
본다.

"누군가는 검은 오로지 사람을 지키기 위해 있는 것이라
고 말해요. 그렇다면 검을 만들 필요가 없죠. 방패나 갑옷
을 만들면 돼요. 하지만 저는 검을 만들죠."

뇨롱이의 몸체가 아찔한 높이까지 상승한다. 구름이 발
아래로 밀려들어왔다. 꽉 막혔던 시야가 탁 트인다.

붉은 하늘 아래로 태양이 반쯤 구름 속에 파묻혀 있다.

군마로 일주일을 달릴 거리를 드레이크는 하루면 도착한
다. 그래도 제시간 안에 도착할지는 미지수. 최악의 상황에
는 도착했을 때 그가 이미 시체가 되어 나를 반기고 있을지
도 모르지.

그럼에도 멈출 수는 없었다.

나는 입을 열었다.

"최고의 평화는 아마 검을 뽑지 않는 거겠죠. 제가 만든
검이 얼마나 강력한지 널리 알려져서 어떤 악인도 그를 건
드리지 못하는 그런 상황을 원해요. 그러나 뽑아야 한다면
최대한 신속하게 죽여야겠죠. 주인이 다치지 않도록."

그게 내가 이 검을 만드는 이유일 거다.

"무기란 그래요. 타인을 죽이기 위해서 만들어진 게 무
기예요. 제가 무지카 경에게 이 검을 건네주는 이유도 간단

합니다. 그가 누구를 죽이든 무슨 짓을 하든, 그가 살아남길 바라니까요."

"이기적인 대답이네요."

"현실적인 대답이죠."

"카이 양은 은근히 성녀 스타일인 줄 알았는데 그것도 아니군요."

그 말에 얼굴이 붉어진다.

"오지랖 넓다는 소리는 듣지만 그렇다고 모두를 구하겠다는 마음으로 검을 만드는 짓은 하지 않습니다. 아까도 말했지만 그럴 거면 세계 최강의 방패를 목표로 만들죠."

"다행이네요. 저는 그런 머리에 꽃 꽂은 연놈들은 다 증오하거든요."

내가 잘못 들은 걸까? 그는 처음으로 '증오'라는 단어를 내뱉었다. 그의 입술 위로 미끄러지는 그 단어는 너무 감미로워서 연인에게 속삭이는 밀어로 들릴 정도였다.

"당신이 싫어하는 것도 있긴 하는 모양이네요."

"왜 이러십니까. 이리 보여도 솔직한 편이라고요."

그는 헛기침을 하더니 내가 끌어안고 있는 검을 담뱃대로 툭툭 친다.

"그나저나 우리 대공 각하께서 엄청 질투할 거라고요. 연모하지도 않는 남자에게 이만한 검을 만들다니. 의미가 다르잖습니까?"

그 말에 얼굴이 귀까지 빨개졌다.

"이, 이상한 소리 하지 마십시오! 어디까지나 이건 의뢰 라고요!"

"의뢰치고는 너무 마음이 들어갔는데?"

"비원이라면서요!"

"그 말이 그 말이죠."

그는 혀끝으로 담뱃대를 핥는다.

"오래 살아온 자들에게 있어서 사랑과 증오, 집념은 모 두 같은 단어니까요. 모두 인간이 낼 수 있는 극한의 감정. 밤보다 어둡고 태양보다 뜨겁죠. 그럼에도 황금보다 빛나 니까요."

"전부터 느꼈지만 아카넬 대공이 꼭 인간이 아닌 것처럼 말하네요."

"제가 카이 양을 곁에 두고, 아카넬 공이 그럼에도 카이 양을 속박하지 않는 이유 아십니까? 그리고 그 정체불명의 더러운 계약자님께서 카이 양을 납치해서 자기 뜻대로 조 종하지 않는 이유."

그 정체불명의 더러운 계약자님은 지금 분노로 내 가방 을 손톱으로 뜯고 계시다만······.

나는 손을 넣어 리버를 가만가만 진정시킨다.

"뭐죠?"

"선을 지키는 사람이거든요, 카이 양은. 우리 같은 이를 두려워하지 않으면서도 깊이 파고들지도 않으니까요."

"어쩐지 더는 물어보지는 말라는 말처럼 들리는군요."

내 말에 그가 소리 내서 웃었다.

"맞습니다. 하지만 사실인걸요. 본디 우리 같은 존재를 경외하고 두려워하며, 그럼에도 불구하고 근원을 파헤치기 위해 결국 손을 내뻗고 마는 게 인간의 본능 아니겠습니까. 신화 속에서는 늘 그렇게 인간이 파멸하고 맙니다만."

신의 얼굴을 보고 싶어 간절히 청했다가 진짜 신의 얼굴을 보고 눈이 멀어 죽어 버리는 영웅이라든가, 절대로 열어서는 안 되는 신의 선물을 결국 열었는데 그 안에는 모든 악이 들어 있었더라는 이야기는 익히 알고 있다.

그저 오래된 이야기일 뿐이라고 웃을지도 모르겠다. 그러나 나는 아카넬의 얼굴을 한 짐승을 봤다.

아리네스는 신의 힘을 얻기 위한 연구 과정 중의 하나라고 했다. 그게 불과 반년 전 이야기.

나는 고개를 돌렸다.

"대장간에서는 화로가 신이죠. 모든 것들이 화로로 시작해 화로로 끝나니까요. 하지만 어릴 때부터 화로는 이용하되 결코 가까이 가지도 손을 넣어서도 안 된다고 배웠습니다. 심지어 오래 쳐다보면 눈이 머니 오래 봐서도 안 된다고 배웠죠."

어린 대장장이들이 많이 저지르는 실수다.

보통 해가 뜨기도 전, 이른 새벽부터 불을 때는데 고독하고 추운 그 어둠 속, 잔잔히 타오르는 깊은 불 속을 홀린 듯 바라보지 않는 이는 거의 없을 거다.

선배 대장장이는 어린 대장장이를 끌어내서 때리곤 한다. 그제야 어린 대장장이는 자기가 너무 그 속을 오래 봤다는 것, 눈이 많이 침침해졌다는 것, 그리고 너무 가까이 다가갔다는 걸 깨닫는다.

나는 맞아본 적은 없지만 달빛 모루 사람들에게 호되게 혼이 난 적은 여러 번 있었다. 자꾸 이러면 두 번 다시 대장간에 발도 못 디디게 하겠다는 경고가 더 무서웠던 걸로 기억한다.

내 인생에 대장간이 없어진다는 건 죽는 것보다 두려운 일이었다.

그렇기에 그깟 불길에 홀리지 않는 것쯤 얼마든지 할 수 있었다. 그때 이후였을까. 너무 어릴 때부터 내 안에 금기 같은 게 생겨 버린 터라 뭔가 다른 아이들과는 다르게 자랐던 걸로 기억한다.

그랬기에 엘이나 아리네스 같은 이들에게도 깊이 파고들

어가지 않을 수 있는 거겠지. 리버 역시 마찬가지일 거고, 아카넬 대공 역시 그리 대하는 걸 테고.

엘이 말했다.

"그 감각에는 저 역시 놀랄 정도였다니까요. 아무튼 덕분에 걱정입니다. 그런 당신이 준 검을 갖고 무지카 군이 살아서 돌아간다면 과연 무슨 일을 벌일지."

"……."

그의 담뱃대가 내 턱을 들어 올렸다.

"그러하니… 부디 그가 엉뚱한 짓을 벌이지 않도록 설득해주시겠습니까, 카이 양? 만약 다음번에도 그가 다시 왕국의 심연에 발을 디뎌야 한다면… 음… 그때는… 지금보다 확실한 형태의… 죽음이 내려질 겁니다."

목소리가 나오지 않았다.

그가 내 말을 들을 리가 없었다. 그렇다고 이런 이야기를 들었는데 과연 나는 그에게 검을 쥐여 주며 소신대로 나가라고 말할 수 있을까?

아무런 대답을 하지 않은 나를 그는 지그시 바라보더니 그는 뭐가 그리 즐거운지 한참을 웃었다. 그러고는 갑자기 내 손목을 잡아당겨 자신의 품속으로 당겼다.

평소라면 반격기를 날린다거나 피한다거나 했겠지만 좁은 드레이크 위다. 이 아래는 몇천 미터 상공이고.

나는 결국 잠자코 그의 품에 끌려들어가야만 했다.

그가 내 머리카락을 쓸며 속삭인다.

"혹시 말이죠. 카이 양."

"놓으시죠. 또 다리 사이를 차 버리기 전에."

내 싸늘한 대답이 뭐가 웃긴지 그는 다시 베실거린다.

"왕후가 될 생각 없으세요?"

"왕비가 아니고 왕후요?"

내 질문에 그가 되묻는다.

"둘이 뭐가 다르죠?"

당연히 다르지. 제국 예법상 왕비가 죽어야 왕후라는 호칭을 붙인다. 한마디로 죽은 왕비를 그리 말하는 거다. 산 왕비가 아닌 죽은 왕비라니 이런 괴악한 질문도 없다.

"신랑은 누군데요?"

"음, 글쎄요. 천년왕?"

웃기시네.

"저는 높디높으신 대공 각하님의 파혼 예정자거든요? 내가 드래곤 슬레이어라도 만들기 전까지 그가 허락해 줄 거같습디까?"

그의 입가에서 웃음기가 사라진다. 그의 품에서 벗어나기 위해 몸을 움직였으나 꿈쩍도 하지 않는다. 그의 손이 내 뺨을 스친다.

"그것까지 어떻게든 할 수 있다면요?"

"네? 그게 가능해요?"

"어. 떻. 게. 든. 요."

분명 농담일 텐데 목소리가 어쩐지 진담보다 더 진지하다.

장단에 맞춰줘야 하나 아니면 그만하라고 호통을 쳐야 할까. 나는 잠시 망설인다. 그의 심장 소리가 내 귓속을 느리지만 강하고 뜨겁게 파고들었다.

마치 분화 직전의 마그마처럼.

Chapter 5
빙구!

1.

엘이 뺨을 쓸었다.

"내륙 사람들은 말이 달리는 속도로 거리를 재더군요. 그래서인지 카이 양도 아까부터 무지카 경의 말을 따라잡아야 한다고 여러 번 말했는데 맞나요?"

"아, 네. 당연히 그렇게 잡아야 하는 거 아닌가요?"

나는 엘과 조금 거리를 벌린다. 위험했다. 나도 모르게 넘어갈 뻔했다. 처음에 장단만 조금 맞춰주자 생각했던 게 뭐랄까, 내 안의 무언가를 수락할 뻔했다. 그게 뭔지는 나도 잘은 모르겠지만 적어도 무지무지 위험한 무언가라는 건 확신한다.

그때 그의 손가락이 내 머리카락을 쓸며 깊숙이 파고들어왔다.

'어때요, 카이 양? 조금은 진심을 보여 줘도 되지 않을까요?'

장난치고는 진지하다. 이 와중에도 그의 모습이, 손가락이 새벽빛처럼 흐리게 반짝였다. 마침 금방이라도 스러질 이슬 같았다.

하긴 이 정도 되는 남자니 이 도시 모든 여자들이 그렇게 목을 매달았겠지. 그의 목소리가 고막을 파고들 때마다 내 머릿속에서 이성이 무뎌지는 걸 느낀다. 그걸 알면서도 어쩐지 그의 품에서 벗어나고 싶지 않았다.

도망치고 싶지만, 붙잡히고도 싶은 그 무언가.

나도 모르게 눈이 감긴다. 그에게 수락을 하려 했다. 입술을 떼려던 찰나, 가방이 벌컥 열렸다.

키야아아앙!

리버가 뛰쳐나와 엘의 뺨을 긁어놓았다. 여긴 몇천 미터 상공, 엘은 주저 없이 리버를 던진다. 리버는 고양이 특유의 유연성을 이용해 허리를 퉁겨 아슬아슬하게 뇨롱이의 날개에 매달린다.

'빙구! 이거 너무하잖아요!'

빙구라는 말에 리버의 털이 다시 곤두선다. 그의 품이 느슨해지자마자 나는 그와 거리를 벌렸다.

위험해, 위험해! 까딱하다가는 넘어갈 뻔했어! 솔직히 뭐에 넘어가는지도 모르겠고, 왜 나한테 왕후가 되지 않겠냐 물어봤는지도 모르겠지만! 아무튼 그 상황이 단순히 장난만은 아니라는 건 알겠다. 눈앞에 있는 인간의 껍데기를 한 저것은 인간이 아니고 그 비슷한 위험한 존재라고 이미 아카넬 대공이 경고를 주지 않았던가!

회상을 마친 나는 리버를 끌어안은 팔에 힘을 줬다. 엘이 말을 이었다.

"이쪽은 해안 도시니까요. 해안 도시에서는 주로 배로 가는 거리를 계산합니다. 이렇게요."

드레이크의 몸이 아래로 하강한다. 구름의 바다 속으로 침몰한다. 그리고 그 아래, 어둠을 받은 남빛 바다가 길게 펼쳐진다.

"무지카 경이 가신 곳은 시서펜트 때문에 고생하고 있는 사르텐 지역입니다. 과거 사르텐 왕국으로 불렸지만, 스스로 왕국이라는 호칭을 반납하고 알타미르 왕국에 편입되었죠."

"배로 갔단 말인가요?"

내 질문에 그가 웃었다.

"생각해 보니 카이 양은 바다를 보는 것도 처음일 거고 배를 탄 적도 한 번도 없겠네요."

"……."

물이 많았다. 물이 땅끝까지 이어져 있었다. 책으로나 그림으로나 본 적은 많았다. 바다가 하늘에 닿을 정도로 길게 이어져 있다고 했다.

이 세계에 바다가 더 많을지 땅이 더 많을지 학자들끼리 논란이 많았는데, 마법이 발달하고 이 세계의 윤곽이 조금씩 드러남에 따라 땅보다 바다가 더 많다는 쪽으로 결론지었다.

엘은 드레이크를 몰아 저공비행을 시도했다. 뇨롱이의 날개 끝이 바닷물에 닿을 듯 말 듯하다. 가슴이 벅찼다. 손을 뻗어 수면에 담갔다.

내 손가락을 타고 하얀 기포가 터져 나간다. 비린내가 비강을 적신다. 알타미르에서 계속 났던 냄새였지만 이렇게 많이 난 적은 없었다. 직접 항구까지 가본 적은 없었기에 더욱 그랬다. 차가운 바닷물 아래로 무언가가 닿았다.

놀라서 손을 빼려 하자 엘이 내 손목을 붙잡아 오히려 깊숙이 넣는다.

"으앗!"

그 순간, 미끌거리는 게 내 손바닥을 밀었다. 비늘은 없었다. 그것은 집채보다도 컸는데 내 아래에서 빠른 속도로 헤엄쳤다. 책에서 본 적 있었다. 책에서는 이걸 '고래'라고 했다.

고래는 뒷지느러미로 이쪽을 향해 물을 튕긴다.

지느러미도 내 키보다 더 크다. 그 한 번에 온몸이 흠뻑 젖는다.

차가웠지만 어쩐지 즐거워져서 한참을 웃고 만다. 엘은 평소와 같은 속을 알 수 없는 미소와 함께 그런 나를 한참 바라보더니 이윽고 입을 열었다.

"요즘 아카넬 경이 안 보이는군요."

"저도 잘 모르겠어요. 듣자 하니 영지에 무슨 일이 있어 자리를 비웠다고 하던데."

"흐음, 이상하군요."

그는 뭔가 생각에 잠기더니 이윽고 드레이크의 방향을 돌린다.

"일단 근처 섬에서 하룻밤 야영하죠."

2.

꿈을 꾸었다. 얼음으로 된 성 안에 아카넬이 서 있었다. 그의 앞에 있던 중년의 여인이 그를 끌어안았다.

"가족들을 보는 건 오랜만이지. 안 그런가, 아크란?"

아카넬이 아닌 아크란이란 이름으로 아카넬을 불렀다. 아카넬은 그녀를 함께 끌어안았다.

"정말 오랜만이군, 메르하. 이런 일로 본다는 게 달갑진 않지만 내 누이를 보니 나 역시 기쁘네."

"세계를 새로 창조하자니, 로드는 미친 게 틀림없어. 아카넬 생각은 어때? 일족 중에서 가장 허수와 허무 속성 용언을 잘 다루는 사람이 아카넬 오빠잖아."

여인은 어째서인지 아카넬을 오빠라고 불렀다. 그러나 아카넬도 그녀도 전혀 어색해 보이지 않았다. 아카넬이 입을 열었다.

"창조신에게 반역하는 짓이야. 실패했을 경우를 생각하면 끔찍하군. 우리는 그대로 반신의 좌(座)에서 짐승의 자리로 추락하게 될 거다."

"그래서 이서릴도 반대했어. 하지만 성공하면……."

문득 그녀가 뒤를 돌아본다. 그녀의 푸른 눈동자와 내 눈이 마주친다. 이건 분명 꿈일 터였다. 그러나 그녀는 정확하게 나를 알아본다.

"인간…이지?"

아카넬 역시 나를 바라본다.

"아아, 신경 쓰지 마라. 메르하."

"아는 인간이야? 죽여야 하지 않아?"

그녀의 손끝에서 무언가 위험한 기운이 맺히기 시작한다. 아카넬은 그런 메르하의 손을 쳐낸다. 그러고는 나를 향해 다가왔다.

나라고 하기도 애매한 게 내 손도 발도 보이지 않았다. 이게 정말 꿈이라서 그런 걸까? 그렇다면 '나'는 뭐지? 그 순간 아카넬이 나를 들어 올린다.

"쉿, 겁먹지 마라. 잠시 꿈결을 타고 잘못 들어온 것뿐이야."

내가 알고 있는 아카넬이 아니었다. 아크란, 아카넬의 또 다른 이름. 그러나 아크란일 때의 아카넬은 뭔가 평소보다 더 어둡고 자상했다. 그럼에도 무서웠다. 나란 존재 같은 건 단번에 으깨버릴 것만 같았다.

어둠이 나를 감싼다. 마치 현실과 꿈, 그 경계 속에서 꿈 속으로 발을 한 번 디뎠을 때와 비슷했다. 어둠 속에서 그가 내게 속삭인다.

[내가 곁에 있는 한, 이 세계에도 네게도 위험한 일은 없

을 거다. 그러니… 방금 들은 건 잊어.]

그리고 나는 눈을 떴다.

"어라? 슬픈 꿈이라도 꾼 겁니까?"

"꿈에서 아카넬이 나왔어요. 그리고……."

해안선 밖으로 금빛이 수평선을 가로지른다. 이게 바닷가의 아침. 내륙과는 많이 다르다. 눈물이 뺨을 타고 흐른다. 잊어버리면 안 된다. 방금 꿈을, 절대로 잊어서는 안 된다. 엘에게 말해줘야 한다. 엘이라면 두 사람의 대화가 무슨 뜻인지 알 터.

'기억해. 기억해 내…….'

그러나 기억의 모래가 손가락 사이로 흩어진다. 대부분의 꿈이 그렇듯 해를 보자마자 완전히 잊어버리고 말았다.

"기억이 안 나네요. 뭔가 굉장히 이상한 꿈이었는데."

"카이 양은 이미 절반은 마족이라서요. 앞으로 인간이 못 겪을 이상한 일들 많이 겪을 겁니다. 아마 영혼이 육신을 적응 못 하고 여기저기 떠돌아다닐 수도 있어요."

"유체이탈 같은 겁니까?"

내 말에 그가 턱을 괸다.

"비슷하죠. 아마 아카넬 대공이 보고 싶은 나머지 그가 있는 곳을 찾아갔다거나? 이야아, 그동안 내숭이란 내숭은

다 떨더니 실은 열녀였군요. 카이 알테리온 양!"

나는 그를 향해 침낭을 집어던졌다.

퍽!

엘의 몸이 백사장을 데굴데굴 구른다.

리버가 갸르릉거리며 내 어깨 위에 올라탄다. 아무래도 엘 앞에서는 절대로 본 모습을 보일 생각이 없는 모양이다.

"어서 출발하죠!"

엘은 네이네이, 맥 빠진 대답을 하며 주섬주섬 가재도구를 챙겼다.

3.

바람을 가르며 나가다 보니 어느새 사르텐 항구에 도착했다. 과연 시서펜트가 출현한 곳답게 파도가 몹시 높았다.

항구 근처에만 폭풍이 쏟아지고 있었는데, 항구 지역 밖은 화창한 날씨인 게 누가 봐도 이건 분명 시서펜트의 소행이다.

'말이 아니라 배로 이동하다니, 신기해.'

내가 있던 영지에도 강이 있긴 했다. 그러나 폭도 좁고 깊이도 얕다 보니 다리 하나 세워 놓으면 끝이다. 배가 필요 없었다.

땅에 두 발이 닿자 엘은 입 안에 손가락을 넣고 가볍게 휘파람을 불었다. 그걸 신호로 뇨롱이는 날아갔다. 아마 이 근방에서 사냥을 하며 시간을 보내다가 주인이 부르면 다시 날아올 거다.

'볼수록 희한하단 말이지.'

이런 식으로 길들인 드레이크가 있다는 말은 들어 본 적도 없다.

나는 작게 한숨을 쉬고는 우산을 펼쳤다.

우산도 무색하게 비가 어깨를 후려친다. 엘은 담뱃대를 입에 굴린다. 이 빗속에서도 불씨가 흔들리지 않는다. 역시 뭔가 마법을 쓴 모양이다. 그러고 보면 엘의 옷 어디에도 젖은 곳은 없었다.

'칫, 혼자만 마법 쓰고는.'

우산 반쪽도 나눠 갖는 게 사람 인심 아니던가.

거센 바람에 우산이 와이 자로 꺾인다. 손잡이를 놓치기가 무섭게 우산이 내 머리 위까지 훅 솟구친다. 그러고는 저 멀리 날아간다.

'우와, 절대 못 잡아.'

이미 내 옷은 옷이 아니라 스펀지가 된 지 오래다. 이렇게 된 거 빨리 무지카 놈이나 찾아서 검이나 던져줘야겠다.

"곤란해 보이십니다요?"

"됐습니다. 무지카 단장이나 찾죠."

엘은 내 태도가 뭐가 그리 웃긴지 한참을 웃더니 어깨에 걸치고 있던 코트 깃으로 나를 감싼다. 놀랍게도 코트 깃에 닿는 순간 빗방울이 사라졌다.

생각해 보면 여행용으로 준비한 코트치고는 굉장히 간소하긴 했다. 안에 털도 없었고 뭔가 넣을 주머니도 딱히 없었다. 방수라든가 방한 기능도 없어 보였다.

떠돌이 수도승들이 입는 사제복에 가까운, 그런 코트였다. 그나마 코트 끝에 박혀 있는 금색 깃털 문양이라든가 연녹빛 잎사귀 자수가 남달리 고급스러워 보이긴 했다.

그러나 그것뿐이었다.

졸지에 그의 겨드랑이 사이에 끼어 있는 꼴이 되었다.

"아아, 참 밑지는 장사네요. 남의 물건을 이렇게까지 잘해 줘야 하다니."

"남의 물건이라니요. 전 소유물이 아닙니다만?"

내 말에 그는 빙그레 웃고는 나를 끼고 걸어갔다. 무지카 단장이 있는 곳을 찾는 건 그리 어렵지 않았다.

수도 최고의 기사단장이 이런 곳까지 친히 내려오지 않았나. '당연히 영주가 대접을 할 테니 본성으로 찾아가면 되지 않을까.' 라고 생각하는데 엘이 답했다.

"애초부터 본성에서 환영할 정도의 인물이었다면 이렇게 달랑 하위 기사 서른 명만 빼오게 하진 않았겠죠? 카이양."

"아무리 그래도 영주가 직접 환영해야 하는 거 아니에요?"

"높은 곳보다 낮은 곳이 권력에 더 민감한 법이랍니다. 거기다가 어중간하게 편입된 소국의 영주라면 더욱 그렇죠. 아무리 좋게 표현해 봐야 뭣자리예요. 괜히 나라에서 밉보일 이에게 좋게 대해 봐야 윗선에서 눈치만 삽니다."

"그, 그래도! 이곳을 위해서 왔잖아요! 시서펜트를 물리치러!"

"말씀드렸잖습니까. 죽으러 왔다고요."

그럴 리가 없었다. 아무리 그래도 사람을 그리 대접할 리가 없었다. 배로 하는 여행이 마차를 타고 가는 여행보다 쉬울 리가 없다. 그 먼 거리를 목숨을 걸고 항해해서 온 이다.

그런 사람들을 푸대접한다는 건 내 상식에서 있을 수가 없었다.

"본성으로 갈 거예요."

"전 헛걸음하기 싫은데요?"

"혼자서라도 갈 거예요."

"우산도 없잖습니까?"

나는 그를 밀어냈다. 비가 다시 내 머리를 후려친다. 그가 내 가방을 집어 들었다.

"대신이라고 하기 뭐하지만 짐은 제가 들어드리죠. 아참, 고양이도 있던가요?"

그는 나를 향해 나가려던 리버의 목덜미를 잽싸게 낚아챘다. 리버가 발톱을 들고 엘을 할퀴려 했지만 호락호락하게 당할 엘이 아니었다.

그가 되묻는다.

"다시 묻겠습니다. 카이 양, 그래도 갈 건가요?"

"⋯⋯."

비가 내 이마를 때린다. 눈 뜨기도 힘든 폭풍우, 나 혼자 가야 했다. 상관없었다. 검 주인에게 이걸 전해주고 돌아오면 될 일이니까.

"아까 봤던 여관에서 보도록 하죠. 이 마을에서 가장 큰 곳이 거기 맞죠?"

그는 담뱃대로 자신의 어깨를 툭툭 친다.

"여관 주인에게 목욕물을 데우라고 말해 두죠."

정말로 그는 무지카가 본성에 없으리라 생각하는 모양이다. 나는 이를 악물었다.

먼 길 고생도 마다 않고 도시를 위협하는 마수를 죽이러

오는 이를 영주가 직접 맞이할 생각조차도 하지 않는다?

말도 안 되는 소리.

가로등 불빛이 폭풍우를 맞고 깜빡인다. 새카만 어둠과 차가운 빗줄기가 나를 때린다. 눈도 뜨기 어려운 45도의 폭우 속.

내 품속, 검집 안에서 칼날이 스산한 울음소리를 냈다. 마치 죽어 가는 병아리의 단말마 같다는 생각도 잠시, 걷고 또 걸었다. 그것 말고는 할 수 있는 게 없었으니까.

4.

이곳의 비는 비린내가 났다. 생선을 던져 두면 생선이 날 아서 헤엄을 칠 것만 같은 그런 폭풍우다.

엘은 여관 특실에 앉아 무지카와 잔을 나눈다. 차가운 럼 주가 잔 안에서 휘돈다. 잔과 잔이 경쾌하게 부딪친다. 그 리고 둘이 약속이라도 한 듯 동시에 잔을 입 안에 털려고 하는 찰나, 문이 벌컥 열렸다.

"오, 카이 양!"

그래. 바로 나다.

엘, 이 남자는 쫄딱 젖은 나를 보고 뭐가 그리 즐거운지

큭큭 웃는다. 심지어 무지카 저놈도 술이 좀 들어갔는지 입가에 미소가 들어갔다.

내가 저 자식을 찾기 위해 바다를 건너 왔다는 걸 알긴 할까? 하긴 모를 리가 없겠지.

나는 마룻바닥에 보란 듯이 옷을 쭉 짜낸다. 나무 바닥이라 분명히 이거 썩을 수도 있겠는데, 내 알 바 아니다.

자기 도시를 위해 먼 길 온 사람을 곪은 종기 만지듯 대하는 놈들 아닌가. 고생 좀 하라지. 무지카가 말했다.

"쯧쯧쯧, 다 큰 계집이 꼴이 그게 뭐냐? 옷은 또 뭐고. 어린 사내놈도 아니고 참."

"무슨 상관이십니까, 무지카 경."

"왜 집에서 그리 시집보내려고 안달인지 알 것 같아서 그래. 성질대로 했으면 혼삿길 예전에 막혔지."

말투를 보니 이미 술 좀 걸쳤다.

"그렇지 않아도 제 손으로 혼삿길 막으려고 대공과 내기 중인 거 뻔히 아시면서 그러십니까?"

"고분고분한 맛이 없어. 안 그런가, 엘?"

"그렇죠오, 무지카 경. 하여간 남의 말 들을 바에는 제 손으로 장을 지지는 분이시니까요. 우리 레이디 카이께서는."

됐다. 이 인간들과 말을 오래 섞어 봐야 뭐하나. 본전도 못 찾지. 암.

엘은 몸을 일으키고는 잔을 흔들었다.

"그러면 전 먼저 방으로 돌아가도록 하죠. 레이디 카이 양은 위층 첫 번째 방으로 잡았으니 그쪽으로 올라가시면 될 겁니다. 그러면 두 분 좋은 밤 되시지요."

좋은 밤은 무슨!

우리 단둘이 남겨 놓고 가지 말라고!

엘이 나가자마자 나는 무지카에게 검을 던졌다. 그는 한 손으로 술잔을 쥐면서도 다른 한 손으로 검을 받는다.

"써요."

"이것에 대한 대답은 이미 했을 텐데?"

"적어도 그 부러진 검보다는 낫겠죠."

"이걸 전해 주러 일부러 그 먼 길을 온 건가?"

그의 입술이 삐딱하게 비틀린다. 평소 그의 모습이 아니다. 술이 들어갔다고 해도 이렇게 흐트러진 모습을 보일 그가 아니었다. 그는 늘 고고하고 재수 없었다. 그래야만 했다. 그는 보란 듯이 내 검을 땅바닥에 패대기친다.

"이게 무슨 짓입니까!"

그의 멱살을 꽉 붙잡는다.

내가 아무리 여자의 몸이라고 해도 절반은 마물이다. 대장간에서 밥도 제대로 못 먹고 잠도 제대로 자지도 못 하고도 버틸 수 있었던 이유는 순전히 이런 육체 덕분이다. 평소라면 만들다가 분명 기절했을 터다. 아니면 체력이 딸려 마무리가 허술해졌던가.

마물의 체력으로 모든 걸 쏟아부어 만들었다. 그리고 이 바다를 건너왔다. 적어도 이런 대접을 받을 이유는 없었다. 그는 나를 올려다본다. 눈매가 서늘하다. 잘 벼려진 명도와도 같았다. 이게 술 취한 이의 눈빛인가 싶어 나도 모르게 긴장하고 만다.

"저 검이 둘도 없는 명검이라는 것 정도는 나도 알아, 카이 알테리온. 이래 봬도 기사단장을 헛으로 한 건 아니니까."

"그러면 왜요?"

"네게는 한낱 부러진 검일지라도 내게는 살아갈 이유니까."

"웃기지 마요. 검은 어디까지나 검입니다. 도구라구요! 만들어준 검을 소중해 대해주는 건 감사할 일이지만, 그것 때문에 목숨을 거는 일만큼 멍청한 짓이 어디 있냐고요!"

"그러면 너야말로 왜 이리도 집착하지? 이 먼 곳까지 따라와 이 검을 줘야 할 만큼? 흡사 연정에 빠진 계집 같지 않나?"

그의 뜨거운 손바닥이 내 손목을 붙잡는다. '엇' 하는 사

이에 그가 나를 밀친다. 굉음을 내며 유리 글라스가 깨진
다. 정신을 차려보니 그의 팔에 갇혀서 나는 바닥에 누워
있었다.

"너는 무엇을 위해 검을 만들고, 무엇을 위해 이곳까지
넘어온 거지?"

"의뢰를 위해서입니다."

"돈이 필요하면 대금을 지불하지. 얼마면 되나?"

말이 통하질 않는다. 그의 숨결이 코끝을 스친다. 럼주
향기가 이성을 핥는다. 보통 여성이라면 이쯤에서 비명을
지르며 그를 쫓아내거나 아니면 그의 품에 안겨 이다음을
독촉할지도 모르겠다. 그러나 이미 엘에게 만성이 되어 버
릴 대로 되어 버린 나다.

고작 이 정도 상황에 당황? 웃기지 마라.

"당신이야말로 무얼 위해 부러진 검을 들고, 무엇을 위
해 싸우러 가는 거죠?"

"반격이군. 맹랑해."

그는 한참 웃는다. 그러고는 손을 뻗어 비에 젖은 내 허
벅지를 쓸어 올린다.

"어차피 이 뒤는 묏자리다. 촌뜨기 계집 하나 강제로 못
품을 것도 없지."

"대답할 건가요, 말 건가요?"

"협박에도 안 넘어가나?"

"술병으로 뒤통수 맞고 싶으시다면야, 계속 진도 빼 보시든가요."

"누가 보면 구를 대로 구른 여자인 줄 알겠어."

죄송하지만 처녀랍니다. 흔한 첫사랑 하나 경험해 본 적 없습죠, 네압. 다만 평소 누구 덕분에 아주 단련이 되어서요. 사람은 학습하는 생물 아니겠습니까.

"이렇게 약한 사람 아니었잖아요. 당신."

내 말에 그의 표정이 작게 일그러진다. 여태 지켜 왔던 긍지가, 자존심이, 그의 심장을 긁는다. 그 심정을 모르는 건 아니었다. 나 역시 삶을 포기하려 한 적 있었으니까. 모든 것을 자포자기하고 놓으려고 했으니까.

그러나 그것은, 그런 어리석은 짓을 할 만큼······.

"···당신의 삶이 가치 없는 게 아니잖아요."

그는 입술을 벌려 내 질문에 대답했다.

"무엇을 위해 부러진 검을 드느냐고 했지? 내 친구를 위해서. 제국을 위한다는 이유 하나만으로 그의 아비 목에 검을 박은, 그런 날 용서하고 죽은 나의 하나뿐인 벗을 위해서."

"······."

"이 검은 내 유일한 친구의 아비가 쓰던 검이야. 나는 제국을 위해 그를 죽여야 했고, 내 친우는 그런 나를 찾아와 범인을 잡아 달라며 제 아비의 검을 주더라고. 내가 죽인 그 인간의 검을, 사례라며 건넸어. 그 기분 아나? 알테리온 영애."

그가 내 상의를 거칠게 찢는다. 셔츠가 뜯어져나가며 가슴을 묶은 붕대가 그대로 드러난다. 저항하려면 할 수 있었다. 그는 엘이나 아카넬처럼 인간을 뛰어넘은 이는 아니니까. 아니, 어쩌면 그렇기에 나는 그냥 그런 그를 바라볼 수 있었다.

부끄럽다는 감정보다는 불쌍하다는 생각이 들었다. 무지카라는 망가진 태엽 인형이 내 앞에서 딸깍거린다.

"내 누이는 친우의 아비 품에서 반역의 증거를 찾았고, 내 친우의 집에 불을 지르고, 내 친우와 그의 처를 잡아 처형했다. 가문에 단 한 명의 생존자도 남지 않도록. 누이가 가장 잘하는 일이지. 잡초를 뿌리째 뽑고, 두 번 다시 자라지 않도록 자갈로 다지는 거. 마지막 날 그가 내게 뭐라고 했는지 아나?"

"……."

"옳은 길을 가라고 했지. 칼을… 칼을 잘 써 달라고 했네. 그 친우가 무슨 심정으로 말했을까?"

"그래서 당신은 계속 가야 했던 건가요. 그게 살을 파헤치고 뼈를 깎는 일이라고 해도?"

"눈을 감으면 그 친구의 목이 나를 바라봐. 나는 그날부터 고기를 먹지 못해. 잠도 제대로 자지 못해. 두통약을 달고 살아야 하지."

그는 일하고 또 일했다. 일해야만 했다.

행복이라든가, 사람다운 삶 같은 것은 그를 위한 것이 아니었다. 나는 그의 뺨에 손을 가져다 대었다. 도망칠 수 없었다. 이런 망가진 인간을 두고 어떻게 이 상황에서 도망친단 말인가.

'아아, 그렇구나.'

이제야 깨달았다. 왜 내가 피를 토하며 검을 만들고 이 사람을 위해 기꺼이 먼 바다를 날아와야만 했는지.

왜 그를 위해 나는 꿈속에서 마그마가 든 잔을 삼켜야만 했는지.

"당신은 나와 닮았어."

그의 뺨이 내 손을 쓸었다. 무지카가 석고상처럼 딱딱하게 굳은 눈으로 나를 바라본다.

"타인은 절대로 이해하지 못하죠. 어째서 스스로를 괴롭히고, 자신을 한계까지 몰아가는지. 그럼에도 불구하고 떠날 수가 없지. 당신의 본질은 거기에 있으니까."

나 역시 그랬다. 이 땅을 떠나지 못하리라 자조하며, 그

누구에게도 검을 팔 수 없으리라 비웃었다. 그럼에도 망치질을 멈출 수가 없었다. 화로에 다가가면서도 결코 그 빛을 오래 봐서는 안 된다. 그럼에도 한계까지 늘 가야 했다. 손에 물집이 잡히고, 내 머리 끝이 바짝바짝 타는 걸 느끼면서도. 두렵지만 그럼에도 나아가야 했다.

타인이 보면 한없이 미친 짓인데도 내 안의 천칭은 늘 수평을 유지한다. 나는 이게 정상이다.

"죽지 마요."

"…그게 무슨……!"

"당신은 여기서 살아남아도 계속 제국의 어둠을 파헤치기 위해 깊이 몸을 담그겠죠. 아마 계속해서 누군가는 당신의 죽음을 바랄 거고, 그럼에도 당신은 멈추지 않을 거란 걸 알아요. 그게 당신의 긍지니까. 그게 당신의 검이니까. 비록 지금은 부러졌지만."

나는 그의 목을 잡아당겨 어린아이를 안듯 끌어안았다. 그러고는 천천히 등을 두드려주었다.

"모든 검사는 자신의 검이 부러지는 걸 봐요. 그럼에도 살아있는 건 새로운 검이 있기 때문이잖아요?"

나도 그랬다. 늘 고뇌하고 부러지며 그럼에도 다시 만든다. 내 안에 있는 검을.

누구라도 힘들 때가 있다. 마음속에 있는 검은 반드시라고 해도 좋을 정도로 한 번쯤 부러지고 만다. 그건 뭐랄까. 의지의 문제라기보다는 세상의 문제이다.

삶은 얄궂어서 내가 뭔가 정했다 싶으면 그걸 부러뜨리고 싶어 안달내고 만다. 그렇게 부러지고 나면 다시 만든다. 처음부터 또다시. 더욱더 오랜 고난과 시련을 거쳐서 더 강한 마음의 검을.

운명과 싸울 힘을.

"유일한 친구라니 댁다운 말이네요. 댁 성격에 어디 가서 왕따당하고 사는 건 아주 잘 알고 있어요. 그래도 여기 있잖아요, 친구. 저도 그 친구처럼 칼을 줬으니 제 부탁 들어요. 죽지 마요."

강하고 강한 마이어하트 가문의 소가주. 그의 누이가 하늘이 내린 모략가라면 그는 군주나 기사에 가깝다. 세간 사람들은 그를 두려워하며 한편으로는 그의 약점을 찾으려 하지만 그는 빈틈을 보인 일이 없었다. 어느 때에도, 누구에게도.

그날 이후로는 단 한 번도.

그 압박감이 얼마나 큰지는 잘 모르겠다. 그러나 적어도 그의 적이 그때 그 화려했던 파티에 모였던 하객 숫자보다도 많이 있다는 건 알고 있다.

숨을 쉬는 것도 물 한 잔 마시는 것도 쉽지 않겠지. 그럼에도 친우의 유언을 받들어 자신의 길을 간다는 게 과연 가능할까?

오직 옳은 길만을 위해.

문득 어깨에 따뜻하고 축축한 것이 닿는다. 그게 눈물이라는 것을 깨닫기까지 얼마 걸리지 않았다.

뭔가 그의 눈가를 닦을 게 없을까 싶어 팔을 드는데 그가 뇌까렸다.

"움직이지 마. 내려다보지 마. 죽인다, 촌년."

'아아, 개새끼.'

나는 결국 그의 눈물이 완전히 그칠 때까지 함께해야만 했다.

"잘될 거예요. 응, 반드시 잘될 거야. 그러라고 만든 검이니까요."

"그 검도 부러진다면?"

"더 좋은 걸 만들어 드릴게요. 칼은 그러라고 있는 거잖아요. 제 몸이 부러져도 주인을 지킬 수 있으면 그 검은 행복한 겁니다. 그러니까⋯⋯."

"⋯부러진 상태에서 이 검은 모든 것을 다한 것이다?"

나는 그보다는 더 긍정적인 단어를 좋아한다.

"다음 검에게 모든 것을 맡긴다는 거죠. 그리고 말입니다, 고작 시서펜트 따위에게는 절대로 안 부러지거든요?

제 칼."

"고작 시서펜트? 지나가는 개가 웃겠군. 드래곤 슬레이어를 만들 거라더니 이제는 아주 시서펜트가 하룻강아지처럼 보이는 모양이야?"

"아, 아무튼! 어떻게든 잘될 겁니다! 도와드릴게요!"

리버가 있다. 나한테는 든든한 백이 있지 않던가. 같이 따라갈 테니 내가 죽을지도 모른다고 생난리를 치면 그래도 도와주지 않을까나? 하하하.

아무튼 나는 날이 샐 때까지 술 취한 그를 토닥여야만 했다. 이 왕국의, 아니 전 대륙 사교계의 황태자님을 이렇게 품에 안고 아무 짓도 안 하고 있다니.

그를 노리는 레이디들이 이걸 알면 짚단인형에 내 이름을 써서 석 달 열흘은 송곳으로 찔러댈 거다. 그래도 뭐, 어쩌겠는가.

나는 그저 이 남자가 안쓰럽고 불쌍하고, 그럼에도 나와 똑 닮아 있어서 외면조차 할 수 없는데.

그는 내게 손톱의 거스러미 같은 존재다.

'그러니 친구 정도가 좋겠네.'

내가 입을 열었다.

"댁은 세컨드 친구시겠지만 내게도 첫 친구라는 거 아십니까?"

"친구 하나도 없었나?"

친구는 무슨 친구. 내가 사교계에 데뷔를 했나, 우리 영지에 내 나이 또래 여자애와 친해질 기회가 있길 했나. 그렇다고 나이 차이 까마득한 달빛 모루 부족분들보고 친구먹자고 할 수도 없고.

그가 말했다.

"어쩐지 성격 참 나쁘다 했다."

"댁한테서 들을 말 아니거든요?"

5.

날이 밝을 때가 되어서야 방에 돌아갈 수 있었다. 이 남자는 완전히 잠이 들었고, 나는 무슨 산전수전 다 겪은 팜므파탈 누님마냥 그를 침대에 누이고 '후후, 역시 아직 어리군.' 하는 웃음만 남기며 올라왔다.

"늦어!"

문을 열자마자 리버가 외쳤다.

"사정이 있었어요."

"엇, 누나 옷까지 찢어지다니. 어, 호오시이?!"

"이미 제 마음 다 읽으셨으면서 왜 이러십니까. 이미 그 상황 다 알 텐데요."

"그랬지만 말이지, 그래도 짜증 나잖아. 거기다 그놈을 살리자고 나한테 부탁할 생각이나 하다니. 나는 누나를 지키는 게 목적이지 다른 놈에게 오지랖 떨자고 온 거 아니라고?"

리버는 뒷다리로 턱을 벅벅 긁었다. 이 모습을 보고 있으니 천생 고양이다.

"저래 봬도 하나뿐인 제 친구인데 어떻게 안 될까요?"

내 말에 리버가 일갈한다.

"남녀 사이에 친구가 어디 있어!"

어디 있긴. 여기 있지.

내 속을 읽고는 리버가 바로 반박한다.

"그 자식도 누나를 친구라고 생각할 것 같아?"

"그러면 뭐라고 생각합니까?"

내 당돌한 질문에 리버가 움찔한다.

"말해 봐요. 내가 다 들을게."

리버는 우물쭈물하다가 고개를 팩 돌렸다. 이윽고 고양이의 몸에서 소년의 몸으로 돌아온다.

"흠? 계속 고양이로 있을 줄 알았는데요."

"지금은 단둘뿐이니까. 거기다가 수호자 놈, 영역 밖으로 나와서인지 조금 약해졌거든."

"엘을 말하는 건가요?"

"그래, 그놈. 그놈의 영역 안에서라면 잠자코 눌려 지내는 게 좋지만 지금이라면 나도 그놈을 죽일 수 있으니까."

소년 입에서 섬뜩한 단어가 나간다. 왠지 유리 조각이 심장에 박히는 기분이었다. 불안한 마음을 담아 리버의 머리를 쓰다듬었다. 리버는 아무 말도 하지 않는다. 그러나 내 기분은 전해졌을 거다.

원한 적도 없었고, 상상한 적도 없었지만, 이제는 운명공동체가 아니던가. 리버가 샐쭉해져서 내 시선을 피한다.

"……알았어. 조용히 지낼게."

그 말을 신호로 나는 목욕하러 들어갔다. 엘의 말대로 목욕물이 받아져 있었다. 이미 식어 버렸지만.

나는 작게 한숨을 쉬고는 차가운 물로 몸을 씻었다. 내일은 바빠질 테니까.

6.

이튿날, 날이 밝는 대로 나는 작전회의 삼아 무지카와 엘을 불렀다. 그리고 내 어깨 위에 있는 고양이 리버를 소개했다.

"이번 작전에 큰 도움이 될 거예요."

무지카가 시큰둥한 표정으로 말했다.

"저 고양이가?"

엘이 대답했다.

"호오, 이번에는 빙구 군이 나선단 말입니까?"

리버가 소리 지른다.

"빙구 아니야!"

이윽고 리버의 까만 몸이 액체처럼 무너져 내린다. 그림자가 살아 있는 듯 꿈틀거리며 고양이를 감싼다. 그리고 어둠은 점점 더 커지고 마침내 소년의 모습으로 변한다.

"흑마법사 원터 리버 님이시다. 신과 가장 가까운 자. 그럼에도 불구하고 결코 신이 될 수 없는 자. 추락하는 메아리이자 마왕의 절망이 바로 나다."

뭔가 엄청나게 인사가 길어져 버렸다. 뒤에 추락하는 메아리는 또 뭐고 마왕의 절망은 또 뭐지? 무지카가 입을 열었다.

"아, 마왕을 소환해서 그 심장을 삼켰다는 흑마법사는 고문헌에서 본 적 있어. 고대 대용사 시대 때 토벌당한 걸로 알고 있었는데?"

우와, 그런 것도 기억하십니까?

"안 당했어! 그때는 심장 먹은 지 얼마 안 돼서 몸에 정착도 못 시키던 시절이었다고! 지금은 달라! 엄청 강해!"

엘이 새끼손가락으로 귀를 후빈다.

"원래 짖는 개치고 무서운 개 없다고, 강한 놈이 강하다고 자기 입으로 안 하는 법인데 말입니다."

그 순간 리버의 그림자가 칼날처럼 튀어나와 엘을 갈랐다. 선반이 정확히 절반으로 갈라진다. 이미 자각했을 때는 엘이 피를 뿜으며 갈라지기는커녕 담뱃대로 그림자 공격을 막아 낸 뒤다. 볼 때마다 느끼는 거지만 저 담뱃대 뭐로 만들어진 건지 참 신기하다.

카앙!

그러나 그 충격량이 어디 가는 게 아니다. 엘을 중심으로 바닥이 부서지기 직전의 도자기처럼 금이 간다.

엘이 방긋 웃었다.

"뭐, 무는 맛은 있네요."

리버의 눈이 날카롭게 치솟는다. 리버를 중심으로 어둠이 뭉치기 시작한다. 그러고 보면 빙구니 뭐니 리버를 참 많이 놀려먹었다.

리버가 그걸 하하 웃으면서 털어 버릴 성격이었으면 왕년에 악당 짓 안 했겠지.

나는 이 분노한 소년을 뒤에서 붙잡아 당겼다.

"그만, 그만!"

"놔, 누나! 나 이제 이 자식한테 안 져!"

"안 싸우기로 했잖아요. 약속했잖습니까!"

내 으름장에 결국 엘은 살기를 푼다. 엘은 담뱃대를 입 안에 굴린다. 그러고는 나직하게 속삭였다.

"그러면 저는 이만 가도록 하죠. 시서펜트니 뭐니, 전 아 ~무런 관심 없습니다. 그리고 무지카 경."

"음?"

"당신이 죽으면 좋아할 분 참 많습니다. 그건 알고 계시죠?"

"음."

"그만두라는 말은 하지 않겠습니다. 그런 말 몇 마디로 들을 분 아니시니. 걱정하는 누이를 생각하라는 말도 하지 않겠습니다. 당신은 누이를 이 세상 누구보다 애중하니까요."

"음."

"영악해지세요. 왜 사자가 집단 사냥을 하는 줄 아십니까? 왜 호랑이가 토끼 한 마리를 잡아도 매복하고 덤비는 줄 아십니까?"

엘은 손가락으로 자신의 머리를 톡톡 건드렸다. 무지카가 입을 열었다.

"왜 그걸 내게 가르쳐주는 거지? 넌 나의 적 아닌가?"

엘이 고개를 갸우뚱했다.

"적이라뇨~? 완전 잘못 짚으셨네요. 당신들은 춤꾼입니다. 저는 그저 무대 관리자이고요. 제 일은 무대가 끝났을 때 의자를 치우고 불을 끄고 나가는 일입니다. 그동안 어찌 노실지는 본인들 마음이니까요."

그렇게 말하고는 훌쩍 나가 버린다. 무지카는 엘의 등을 한참이나 바라본다. 그러고는 표정을 바꿔 우리를 바라보며 말했다.

"그러면 작전회의를 시작하지."

7.

우리가 할 일은 간단했다. 무지카의 기사단이 시서펜트의 둥지를 터뜨려 둥지 밖으로 놈을 유인하면 우리는 미리 배를 타고 시서펜트가 올 때까지 기다렸다가 놈이 지나가는 길목에 리버가 광범위 전격 마법을 토해 내는 거다. 그렇게 해서 시서펜트를 마비시키면 무지카와 기사단이 놈의 목을 딴다.

이 이상 복잡한 지략을 내고 싶어도 지금 인원으로는 불가능하거니와, 작전이 복잡해질수록 실수했을 때 변수가 많이 생긴다.

그런 이유로 나는 돛 하나 달린 조각배 위에 앉아서 신호를 기다렸다. 리버가 시큰둥한 목소리로 말했다.

"누나는 안전하게 뭍에서 쉬어도 됐잖아?"

"흑마법사는 열에 일곱은 거짓말을 묻는 자라잖아요. 제가 뭍에 가 있으면 리버 군이 다 죽여 버리고 '누나, 노력했지만 시서펜트 때문에 다 죽어 버렸어. 미안해.'라고 말했을 때 어떡합니까? 그걸 믿으라고요?"

"흐음, 제법 머리 있네. 마냥 순진할 줄로만 알았는데."

과연 부정은 하지 않는다. 거기다 이미 내 마음을 읽었으면서 부득불 물어보는 건 입으로 확인받고 싶어서겠지?

리버가 경쾌하게 손가락을 흔들었다.

"정답! 아무튼 이번 일에 대가는 받을 줄 알아?"

"이미 지팡이 만들어 주는 걸로 부족합니까?"

"응, 부족해. 그나저나 누나가 만든 그 검, 능력이 뭐야?"

능력이라니. 내가 무슨 마법사도 아니고 그냥 소유자의 몸이 무사하길 바라는 마음으로 죽어라고 망치 두드린 거밖에 없다. 리버가 말했다.

"간절한 염원은 보통 기적의 형태로 변해. 누나는 확인 못 했겠지만 그 검, 뭔가 능력을 갖고 있을 거야."

그걸 이제야 말해 주다니. 미리 알았다면 좀 더 많은 대비를 했을 거 아닌가!

나는 문득 눈이 커졌다. 리버가 왜 그걸 이제야 가르쳐주는지. 리버가 혀를 비죽 내밀었다. 다른 이의 눈에는 장난을 치는 미소년으로 보이겠지만 내 눈에는 그야말로 악마다.

"내 지팡이 만들 때도 하지 않은 일이잖아? 혼 좀 나 보라지."

한숨만 나온다. 저 사악한 꼬맹이를 감당하는 건 누구도 불가능할 거다.

문득 잔잔했던 바다가 점점 어두워지는 걸 느꼈다. 그 순간, 암초 지대에서 폭발음이 울렸다.

콰아아앙!

시서펜트의 모습이 한순간 드러난다.

컸다. 정말 컸다. 전설에서나 보던 동방의 용? 아니면 뭐 하루 만에 숲을 전부 먹어치운다는 전설의 샌드웜? 비교할 게 못 된다. 이미 대가리부터가 집 세 채는 될 법한데 이걸 무슨 수로 사람 칼로 써느냐 말이다!

시서펜트가 소리를 지르자 마른하늘에 폭풍우가 치기 시작했다. 잔잔한 바다에 소용돌이가 치기 시작했다. 한번 휘말렸다가는 죽는다! 그러나 짧은 돛단배가 무슨 추진력이 있어서 이 물회오리를 피한단 말인가!

리버가 말한다.

"오오, 누나! 나도 오래 살았지만 이렇게 많이 묵은 시서펜트는 처음 보네. 머리도 개좋아. 이리로 오는 대신에 회오리를 날렸어!"

쿠과과과!

선미가 으깨진다. 나는 어떻게든 살고 싶어 나무를 붙잡는다. 그러나 대자연의 힘 앞에서 나 같은 인간은 무의미했다. 작전은 뭐지? 만약 시서펜트가 이쪽으로 오지 않고 공격만 한다면 그 다음 작전은!

배가 암초에 부딪친다. 선미가 박살 난다. 내 몸이 붕 떠오르다가 물속에 처박힌다.

헤엄? 칠 수 있을 것 같은가? 나무판자를 붙잡는다? 그딴 걸 할 수 있었으면 헤엄을 쳤겠지.

한순간, 내 앞에 죽은 기사의 시신이 스쳐 지나간다. 그 시체는 '앗' 하는 사이에 소용돌이 중심부로 빨려들어 간다. 중심으로 가면 갈수록 더욱더 헤어날 수가 없었다.

'리버는!?'

보이지 않는다. 아니, 눈을 뜨고 있는 것조차 어려웠다.

새카만 바닥물이 나를 삼킨다. 물이 비강을 타고 쓸려 들어온다. 기침을 하고 물을 토해도 다시 물이 안으로 들어온다. 마침내 내 몸이 소용돌이의 중심부까지 도달한다.

크아아아아아아!

분노한 시서펜트가 난동을 부린다. 내 몸이 해류를 타고 해저까지 깊게 잠긴다. 물속에 들어가자 그제야 시서펜트의 전체 몸체가 보였다.

그건 그야말로 바다의 신이었다. 그때 보았던 고래의 수십 배는 더 거대한 몸체가 물속에서 똬리를 틀었다. 비늘 하나에 내 몸이 온전히 반사된다. 시서펜트는 내게 신경조차 쓰지 않았다.

놈의 입장에서 나는 모래알만큼 작고 작은 그런 하찮은 존재였으니까.

'나는 멍청했어.'

책에서 보았던 게 전부가 아니었다. 시서펜트는 사람이 잡을 수 있는 게 아니었다.

절망이 수압이 되어 나를 짓누른다. 바다 밑은 고통스럽지만 아름다웠다. 수면 위, 빛이 보인다. 폐에서 기포가 울컥 튀어나온다. 한번 기침을 하기 시작하니 물이 계속 들어온다.

이 세상에서 가장 괴로운 죽음 중의 하나가 익사라고 했다.

그럴 만했다. 눈물이 나온다.

그때 내 시야 가득히 새카만 소년이 내려왔다. 보라색 칼처럼 자른 머리카락에 안대를 한, 그럼에도 수상쩍은 매력이 있는 작은 소년.

누가 봐도 내 동생뻘로 밖에 보이지 않는 조그마한 손이 내 뺨을 감싼다. 소년의 입술이 나를 덮는다.

기침이 멎는다. 숨이 내 입 안을 채운다.

소년의 혓바닥이 내 치아, 그 안쪽까지 파고들었다. 응급 상황이라고는 해도 딥키스 특유의 감각이 나를 일깨운다. 소년이 내 입 안에서 속삭인다.

"la derare……. 깊은 물의 축복이여."

푸르스름한 구슬이 소년의 입 안에서 내 입을 타고 들어온다. 나는 그 구슬을 삼켰다. 숨이 돌아온다. 기침이 멎는다. 물속에서도 숨을 쉴 수 있었다. 그럼에도 소년은 내 입술에서 자신의 입술을 떼지 않는다. 그대로 나를 붙잡은 상태로 주문을 외운다. 입과 입이 만들어낸 유일한 소리의 공간에서 소년은 이제는 잊힌 오래된 언어를 내뱉는다.

"그것은 밤을 가르는 화살, 천칭의 분노, 토르스의 망치. 오라, 내게… 강림하라…… dakes de ditas kaswasm……."

물방울이 소년의 어두운 마력을 타고 모여들기 시작했다. 심해 아래로 보라색의 빛이 맺힌다. 빛은 룬문자가 되어 소년과 나의 주변에 응결된다. 수십의 룬문자와 수백의 마법 회로가 도형을 그리며 치솟는다.

쿠그그—

심해, 그 자체를 뒤흔드는 기운에 시서펜트의 머리가 이쪽을 바라본다. 놈의 본능이 비명을 지른다. 시서펜트가 우리를 향해 달려온다. 팔을 들려다가 문득 고통이 밀려온다. 뼈가 부러진 모양이다. 움직일 수가 없다. 소년은 주문을 멈추지 않는다. 내 눈물을 닦으며 마지막 한 글자를 완성한다.

그리고 주문은 시동어가 되어 작렬한다.

"작렬하라. 나 바라노니, 강림하여라! 질주하여라! 작렬하는 영원의 분노여—!"

무한의 뇌전!

번개가 빗줄기가 되어 강타한다. 고작 한 줄기, 그러나 그것은 시서펜트의 비늘을 뚫지 못하고 허망하게 소멸한다.

퉁.

그러나 잇달아 수백의, 수천의 보라색 번개가 비가 되어 쏟아지기 시작했다. 번개의 지옥이다. 수백만 볼트의 전압이 물을 가득 채운다. 아름다웠다. 그리고 그만큼 치명적이었다.

시서펜트가 몸을 뒤튼다. 번개는 놈을 옭아맨다. 감전시키고 또 감전시킨다. 5서클 이하 마법을 무효시키는 강화 비늘도, 그리고 그 아래 몇 미터나 되는 지방층도 소용없었다.

번개의 폭풍우가 놈을 지져 버린다. 이 일대를 지옥으로 만든다.

소년은 웃는다. 악귀처럼 한참을 웃는다. 시서펜트는 마지막 기력을 짜낸다. 우리를 향해 꼬리를 휘두른다. 소년은 보호막을 친다. 충격은 막았지만 힘의 방향 자체를 뒤틀진 못했다. 아니, 뒤틀지 않았다. 소년은 오히려 그걸 이용했다.

소년과 내 몸이 한순간 수면 위까지 치솟는다. 시서펜트의 분노한 고함이 밀려온다!

크와아아아아아앙!

밖으로 나오니 이 마법의 진짜 무서움을 알 수 있었다. 수십 수천의 번개가 비구름을 타고 바다를 향해 쏟아 내리고 있었다.

하나하나가 6서클 이상의 마법에 필적했다. 그러나 그것만으로는 이 바다의 재앙을 죽이지는 못한다. 그저 잠깐 마비를 시킬 뿐이었다.

무지카의 배가 부서진다. 무지카는 시서펜트의 머리까지 단숨에 올라간다. 그러나 이마를 조금 벤다고 해서 이 거대한 동물을 죽이지는 못한다.

무지카는 검집째로 검을 들고는 그대로 몸을 튕긴다.

아이스 벨벳이 눈 그림자를 그리며 투명한 빛을 반사한다.

그리고 한순간, 무지카의 검기가 부풀어 오른다.

리버가 이마를 탁 쳤다.

"저게 누나의 능력이네. 첫 번째, 검기 강화."

불꽃을 닮은 그의 검기가 그 체구의 몇 배로 부풀어 오른다. 검기란 마력을 검에 담아 베는 기술, 자유자재로 검기를 사용할 수만 있다면 나뭇가지로도 바위를 벨 수 있다. 하물며 이 정도 기운이면 소드마스터급의 출력을 낼 수 있다.

리버의 목소리가 이어진다.

"그리고 둘, 미천한 인간도 상대를 영령의 좌(座)에서 나락으로 떨어뜨릴 수 있지. 저 검에 맞으면 어떤 상위 존재도 회복하지 못해."

그 순간, 무지카의 검이 놈의 목을 파고들었다. 피가 밀려온다. 시서펜트는 바다의 축복을 받은 영물이다. 시서펜트 그 자체만으로도 어마어마한 재생력을 가지고 있다.

그 증거로 마비되었던 놈의 몸이 다시 꿈틀거리기 시작했으니까!

그러나 무지카의 검이 지나간 자리는 재생되지 않는다.
한번 근육 앞에서 막힌 검이 다시 검로를 찾는다.

무지카 마이어하트. 마이어하트 소가주에게만 일인 전승
되는 기술이 발현된다.

트리니티 스톰 블레이드!

한순간 근력과 정확도를 극한까지 끌어올리는 기술.

소드 마스터급의 검기와 극한까지 단련한 신체 능력이
합쳐진다.

그의 모습이 잔상을 그리며 사라진다.

서—컹!

시서펜트의 목이 날아간다. 그 거대한 것이.

그 압도적으로 강한 것이, 하늘을 갈라 바닥에 처박힌다.
살아남은 기사들도 나도, 심지어 리버도 말을 잃는다.

시서펜트의 붉은 피가 바다에 울컥울컥 쏟아진다.

리버가 휘파람을 분다.

"저 형도 보통은 아닌데?"

그걸 신호로 살아남은 기사들이 함성을 지른다.

그 순간 무지카의 몸이 무너진다. 리버가 말했다.

"아, 맞다. 시서펜트의 피에는 독이 있었지. 아, 요즘 놈
들은 모르나? 하긴 뭐 맹독도 아니고, 무식하게 혼자 달려
가서 그 피를 다 뒤집어쓰는 새끼가 있을 거라고는 상상도

못 했겠지."

알고 있었다.

리버는 처음부터 알고 있었는데 대답하지 않은 거다. 리버가 나를 수면 위에 올려놓는다.

마법을 걸어줬는지 물 위를 걸을 수 있었다. 리버가 혀를 삐죽 내민다.

악동의 장난이 아니다. 악마의 장난.

시서펜트의 피가 독이라니.

이건 책에서도 나오지 않는 이야기다. 그 책의 저자 놈은 분명 시서펜트를 본 적도 없었을 거다.

'빌어먹을, 빌어먹을!'

검은 완벽했다. 그의 솜씨 역시 완벽이라는 말로도 부족했다.

그런데 이런 순간에 개죽음이라니 말도 안 된다. 나는 그의 몸을 일으킨다. 피를 뒤집어쓴 그의 몸이 작게 경련한다.

"일어나요. 정신 차려요!"

그의 몸이 움찔거린다. 독을 뒤집어쓴 것 치고는 멀쩡하다? 그의 손을 타고 피가 검으로 빨려 들어간다. 독이 정화되고 있었다. 이윽고 새카맣던 그의 안색이 평안하게 돌아왔다.

놀라서 리버를 돌아본다. 리버가 이마를 탁 쳤다.

"세 번째 능력이 밝혀졌네. 해독 능력인가. 누나, 사고 쳤는데? 이제 이 인간은 독살로도 죽일 수 없게 되었어."

엘의 친구들이 몹시도 아쉬워하게 생겼다.

리버가 물었다.

"이 정도 실력이라면 한번 드래곤 슬레이어급의 검을 만들어보는 게 어때?"

"네? 드래곤 슬레이어급이요?"

"용의 뼈는 구하지 못하더라도 시서팬트의 어금니는 드래곤급의 내구를 자랑해. 누나라면 드래곤 슬레이어급의 검을 만들 수 있을 거야. 그리고 그렇게 되면……."

대공과의 서약을 지키고 파혼할 수 있게 된다.

뭐, 진짜? 이렇게 쉽게? 파혼?

내 안의 카이가 놀라서 술렁거렸다. 리버가 물었다.

"아니면, 만들기 싫은 거야? 그 인간에게 뭔가 미련이라도……."

아니다. 나는 고개를 저었다.

"만들겠습니다. 지금이라면 만들 수 있습니다."

리버가 씨익 웃었다.

"헤에, 정말로 할 거야? 파혼?"

"지팡이 만드는 거 좀 늦어질 텐데 괜찮으시겠어요?"

내 질문에 리버가 고개를 끄덕였다. 소년은 내 뺨을 붙잡는다. 악마보다 더 감미롭고, 천사보다 순수한 광기를 담아.

"잘, 부탁해♥"

그가 만들어 낸 마지막 전격이 한 줄기, 내 머리카락을 스쳐 물 아래로 톡 떨어져 내렸다.

〈다음 권에 계속〉